快擇叢書

# 黑手黨暗殺

雅倫·夏普 著

新雅文化事業有限公司

www.sunya.com.hk

# 黑手黨暗殺

# 請先讀這頁

這個故事跟你過去看過的可能大不相同，**因為故事的發展全由你來決定**。這就像親身經歷一次冒險一樣，故事中發生的一切就發生在你身上。你得選擇下一步該怎樣做，結局也跟現實生活一樣，不可能總是愉快的，那就全靠你自己了。

故事中有很多險境，閱讀時你彷彿置身其中，你有很多機會決定之後怎麼辦。

你在意大利西西里的帕勒莫度假時，到照相館去取假期裏拍攝的照片，但是照相館卻派錯了照片。而你收到的那些照片中，看來是一名職業殺手即將要刺殺的對象。你自己拍的照片到哪裏去了？是否已落入殺手的手中？你的生命會有危險嗎？你一個人孤零零地流落國外該怎麼辦？為了查出究竟，你唯有按照右頁的指示去追查。

# 怎樣讀這本書

每一章都有一個白色號碼，你用手指翻動一下書邊，就會找到這些號碼。

請從白色號碼 **1** 的那頁開始閱讀，當你讀到這一章的末尾時，它會告訴你接着應該讀哪一章。故事中會有多次需要你自己做決定，選出下一步怎樣做。當你一直往下讀，便會看到那些不同的抉擇是什麼。你需要選好如何行動，然後按照你那個決定後面的號碼翻到那一章。

例如：這時一輛市區的黃色的士向我駛過來，我應該叫住它嗎？ **15** 還是走進警署報案呢？ **16**

如果你決定乘的士，便翻到第15章；如果你打算到警署，便翻到第16章。

你必須找出誰是殺手，成功完成這次冒險。但是你得同時發現那枝紅玫瑰的秘密，才算大獲全勝。故事共有 4 個結局，請好好選擇你的未來。

現在，請翻到第 1 章。

一大清早，我到古老的帕勒莫港口散步，海邊仍殘留着一些第二次世界大戰時轟炸的痕跡。這個海港現在只供漁船使用，但在約一千年前的撒拉森人\*時代，這裏是阿拉伯帝國的重要港口之一。那個時代的遺跡幾乎什麼都沒有留下，不過進入這個中世紀城市的巨大海口門戶——費利切門仍巋然屹立。它後面是古老的鎖鏈聖母堂，那是因為教堂裏有一條用來控制進入海港的鎖鏈，使船隻無法逃避繳納關稅。

我離開海港時，見到一間小咖啡館已經開門，便走了進去。在小櫃枱旁邊，一個穿着襯衣的男子坐在我身旁，他面前擺着一大盤雪糕，西西里人喜歡用雪糕作早餐。我點了一個新鮮的烤麵包卷，還有一杯咖啡。

我吃過早餐返回市中心時，市面已相當熱鬧。羅馬大道的商店和辦公室準備開門營業，單線行車道上的交通一片繁忙。離我住的酒店不遠有一間照相館，那裏的一位小姐剛好打開大門，我跟着她走進去。兩天前我留下一卷菲林在這裏沖印，希望現在已經沖印好吧。

我把一張黃色單據交給那位小姐，她動手在放交貨信封的箱子裏找。她用西西里語對我說了幾句話，我雖然略懂一點意大利語，但西西里語跟意大利語幾乎完全不同。於是，她試圖用意大利語跟我說話。我猜她是說收到菲林的照相館東主有要事離開了，她只是來顧一下店，並不清楚東西放在哪裏。我正打算告訴她不要緊，稍後再來時，她卻找到了我的交貨信封。

後來我們又因價錢問題，而耽誤了不少時間！平常我會在離開前檢查一下信封裏的照片，但這次延誤了這麼久，便沒有再花時間檢查。②

＊撒拉森人是希臘人和羅馬人在十字軍東征時對阿拉伯人的稱呼，他們在公元835-1071年曾管轄帕勒莫港。

　　我沿着大街走了數十米，回到我住的酒店——斯卡里尼別墅。我到接待處取鑰匙時，職員用帶點口音的英語跟我説：「由（有）人來召（找）過你。」

　　這使我大感意外，我在帕勒莫不認識任何人。事實上，我到這裏來完全是一個偶然的幸運機會。

　　我在美國三藩市的一位朋友的朋友買好機票，也預訂了酒店，準備在意大利和西西里度假一個月。即將起程時竟突然有急事，不能成行。他不想白白浪費掉機票和酒店的訂金，便請我代替他來旅遊。我又怎能拒絕人家一番好意呢？我已經在意大利玩了三個星期，現在只剩下最後一周。在帕勒莫，有誰會認識我呢？

　　「那是一個男人，可惜我不山（擅）於形容人的秧（樣）子。」那職員説，「他沒有説名字，但給你溜（留）下一個包裹。」

　　説罷，他拿出一個又長又薄的小包裹，那包裹用白色棉紙小心地包着。我問還有沒有其他口信，他搖了搖頭。

　　當我回到房間，清潔女工剛整理好牀鋪。我告訴她不

必離開，繼續完成她的工作好了。我不知道她能否聽懂我的話，但她向我笑了笑，便開始收拾東西。我打開包裹，裏面只有一枝紅玫瑰，並沒有附上字條說明是誰送的。我聽到身後有人倒抽一口氣，我立即轉過身來，只見清潔女工注視着那枝紅玫瑰。她用手按住嘴巴，彷彿是不讓自己叫出聲來。我還來不及說話，她已經飛也似地衝出房間，把所有東西都丟下不管了。

　　我一頭霧水，實在看不出那枝玫瑰為什麼會使她如此不安。看來她大概只會說西西里語，既然語言不通，也就沒有必要追上去問個究竟。我回房間的主要目的是拿照相機外出觀光，這時我才記起那些剛取回來的照片。**3**

這些照片不是我的。

其實當時我只需要隨便看一眼放這些照片的信封，就知道那並不屬於我。因為信封上釘着一張字條，上面寫着阿爾伯托‧里帕利，但沒有寫上地址。我正打算把信封放回口袋還給照相館，突然想到事情有點奇怪。信封內竟然沒有底片！我再把照片攤放在梳妝枱上細看，發現這些照片真的很奇怪！

照片中的全是一個男人，有些是獨自一人，有些是他和別人在一起。照片似乎是在帕勒莫這一帶拍攝的，我能認出其中一些街道和建築物。讓我感到奇怪的是它們顯然是偷拍的，而且是用長距離鏡頭偷拍的，就像警方監視可疑人物時拍攝的照片那樣。可是，警方不會把菲林拿到街上的照相館沖印。

今天發生的事情有點神秘，不過這些神秘照片跟我一點關係都沒有。我出外時，順道把照片還給照相館。

照相館的大門上了鎖，畢竟它半小時前才開門，我不相信這麼快便關門。我搖動門把，敲敲玻璃，但沒有人來應

門。我等了一會再試，仍是沒有回音。

　　我看看手錶，本來計劃上午乘公共汽車到附近的市鎮蒙雷阿萊。那裏有一座羅曼式蒙雷阿萊主教座堂，裏面精美的馬賽克鑲嵌藝術是每個遊客非參觀不可的。

　　我在酒店已多花了不少時間，在照相館門外又浪費了更多時間，不知道能否趕上在卡佛大道盡頭登上公共汽車。我值得一試嗎？**5** 還是留在帕勒莫，改天才去蒙雷阿萊？在帕勒莫這個古老的城市裏，我還有很多地方沒看過呢。**7**

　　從車裏走出來的那個男人開始在魚市場上到處走動，跟商人和店主交談，看來很受別人尊敬。有兩個樸素的男子跟着他下車，一直和他保持距離，卻又在離他不遠的地方緊緊跟住。

　　我轉身看看照相館東主是否仍在魚攤裏，突然一個男人和我碰了個滿懷。那人應該是喝醉了，在吃一隻用小鋁箔碟裝着的熟章魚。他抓住我的手臂，像是要支撐着自己。他一邊用西西里語喃喃地說些什麼，一邊在我面前揮舞着那隻空碟子。我突然發現碟子底部寫着一些字：「你有生命危險，請於今天下午四時四十五分，到聖方濟教會地下墓穴的『男人廊』去。」

　　那人把碟子一扭，搖搖晃晃地鑽進人叢中。我不明白這個警告的意思，但我覺得必須認真對待。我離開魚市場返回酒店，又記起那些照片，便再次走向照相館。途中，我產生了一個令人不安的念頭。

　　西西里是世界最大的犯罪組織——黑手黨的發源地，我口袋裏的信封是不是他們殺人的通知呢？

# 黑手黨暗殺

我在三藩市住了很久，十分清楚美國黑手黨是如何行動，他們會徹底除掉所有對組織不利的人。黑手黨擁有自己的殺手，稱作「刺客」，或叫「打手」。如果負責刺殺行動的人想避免嫌疑，可以另外僱請職業殺手行兇，這種做法叫「合同」。

僱主不用直接跟職業殺手接觸，只須向他提供必要的情報，包括暗殺對象的照片、名字，或許還有地址。這些會是暗殺對象的照片嗎？這人的名字叫阿爾伯托‧里帕利嗎？

如果照相館派錯了照片，那麼我自己的照片呢？那卷菲林中有許多我的照片，信封上還有我的名字和酒店住址。

我應該到地下墓穴赴約 ，還是不去呢？

5

　　我上氣不接下氣地跑到卡佛大道盡頭，剛好看到我要乘坐的公共汽車還停在車站前。這裏的交通頗為繁忙，有幾個人和我一起站在人行道旁，等待着橫過馬路。

　　突然，有人把我擠出人行道，在馬路旁跌跌撞撞的。這時一輛開過的汽車把我撞得直打轉，倒在溝渠上。我呆呆地躺在那裏，聽到一個婦人在尖聲叫喊，然後有一把男人的聲音，我只聽到其中一個西西里詞語——「多托」，即醫生。

　　我試圖站起來，這時有一隻手握住我的手臂。一個中年人向我彎下身來，用純正的英語説：「我是醫生，不用緊張。」我回答我並沒有受重傷，只是嚇呆了而已。他快速給我檢查一下，便把我扶起來。我見他從口袋裏拿出一本紙箋，在上面寫了一些文字。

　　「你只是擦破了皮，沒有嚴重外傷，」他説，「但身體卻承受了很大的震盪，你稍後會感覺到。我給你開個藥方，是鎮靜劑，在附近的藥房就能買到。你看一看，便知道你將會需要它。」

　　他從紙箋上撕下那一頁紙，摺疊起來塞進我的口袋。

　　我的腳步仍然有點不穩，待我完全鎮定下來想要答謝他時，他已沿着街道匆匆離開了。

　　現在我身上滿是塵土，要回酒店換衣服。希望我的照相機沒有撞壞吧！可就算撞壞了，也只壞了一個照相機，也算是不幸中之大幸了！

　　我找到藥房時，一個奇怪的想法突然湧進腦海。汽車把我撞倒前，我沒有說過一句話，怎麼那醫生一開始便用英語跟我交談？我從口袋裏拿出那張紙條，打開一看，根本不是一張藥方！

　　這是一張通知，上面寫着：「剛才的暗殺行動失敗了，如果你想避開下一次暗殺行動，請於今天下午四時四十五分到聖方濟教會地下墓穴的『男人廊』。」**6**

我回到酒店，脱掉衣服，洗了一個熱水澡。一方面希望減輕傷患處的痛楚，另一方面能讓我冷靜下來思考問題。

我想不出為什麼有人要暗殺我，但也不能對發生的事情掉以輕心。那張字條也使我很擔心，那個人真的是來幫助我嗎？如果確實有人要暗殺我，沒有什麼地方比聖方濟教會的地下墓穴更適合了。

西西里到處都有地下墓穴，大部分是空置的。聖方濟教會的地下墓穴則不同，裏面住了八千「居民」，全部是死人。他們的「居所」會開放給公眾參觀，但這地方不在我要參觀的名單上。

洗好澡，我便穿上乾淨的衣服。當我清理髒衣服的口袋時，那個放有照片的信封掉到地上去，我俯身撿了起來。我曾經認為這是監視的照片，現在我又有另一個想法！

西西里是世界最大的犯罪組織——黑手黨的發源地，這個信封是不是他們殺人的通知呢？

我在三藩市住了很久，十分清楚美國黑手黨是如何行動，他們會徹底除掉所有對組織不利的人。黑手黨擁有自己

的殺手，稱作「刺客」，或叫「打手」。如果負責刺殺行動的人想避免嫌疑，可以另外僱請職業殺手行兇，這種做法叫「合同」。

　　僱主不用直接跟職業殺手接觸，只須向他提供必要的情報，包括暗殺對象的照片、名字，或許還有地址。這些會是謀殺對象的照片嗎？這人的名字叫阿爾伯托・里帕利嗎？

　　如果照相館派錯了照片，那麼我自己的照片呢？那卷菲林中有許多我的照片，信封上還有我的名字和酒店住址。

　　我應該到地下墓穴赴約 ，還是不去呢？ 9

離我住的酒店不遠，是舊城區的阿爾伯格里亞。那裏的街道狹窄，左轉右彎，就像迷宮一樣。除了林立的電視天線和亮着電蠟燭的聖母瑪利亞小神龕外，這裏宛如沒有受到時間洗禮一樣，是帕勒莫裏最古老的地方。陽台之間掛着延伸到街上的晾衣繩，女人坐在門前的石階上縫補。房子之間是一些小工場，男人仍在那裏做傳統手工藝品。

我走進其中一條街，幾乎每個打開的窗戶都掛有鳥籠，鳥兒吱吱喳喳的叫聲竟蓋過了街上的嘈雜聲。一些手推車放着出售的水果和蔬菜，也有人把半價香煙放在路旁一輛汽車的引擎蓋上擺賣。一個小孩向我兜售一袋檸檬，我揮手拒絕。當他轉身離開時，我看到他從一個大意的小販背袋裏扒走了錢包。

一個男人在我前面走着，他回眸時我認出那便是照相館東主。照片還在我的口袋裏，就算不能把照片還給他，至少可以問問照相館的營業時間。

照相館東主走得很快，在我趕上他之前，我們已經走進另一條街。眼看他不顧性命危險，在飛速行駛的汽車之間衝

過馬路對面，我實在無法「捨命陪君子」。待我過了馬路，他早已失去蹤影。我走到最後看到他的橫街裏，但還是找不到他，不知不覺來到了帕勒莫的魚市場。

我從來沒見過這樣的情景。吞拿魚在西西里是一種很普通的魚，可是在我面前的魚攤竟擺放着一條龐大的吞拿魚。牠的大口被一根木棒撐開，兩條劍魚的魚頭好像儀仗隊般放在兩旁，吻部的劍都向上指。

這時我又發現了那照相館東主，他在魚攤後跟人交談。我正想走過去找他，四周卻突然安靜下來。一輛西德平治牌大轎車在魚市場內出現，照片上那個男人從車裏走出來！我最感興趣的人到底是誰？是照相館東主 **10**，還是那個一出現就使整個魚市場一片寂靜的人呢？ **4**

8

　　那男子把碟子推向我，似乎是要我吃他的章魚。我想抽出手來，告訴他不要吃章魚。就在這時，我看見碟子是空的，碟子底部用尖的東西刻上了文字：「你有生命危險，請於今天下午四時四十五分，到聖方濟教會地下墓穴的『男人廊』去。」

　　那人把碟子一扭，鬆開我的手臂，腳步蹣跚地從我身邊走開。他在巷口停了下來，看樣子有點瘋癲。他不僅給我一個警告，還給我一個逃跑的好機會。我把握時機，向前跑啊跑，一直跑到一條大街。我不知自己身在何處，一見到的士便招手，讓它載我回酒店去。

　　我不明白剛才的襲擊和警告是什麼意思，但我認為現在最需要的是洗澡和更換衣服。我全身都沾滿了血──魚血和自己的血！在清理口袋時，那放有照片的信封掉出來了。我把它撿起，卻又產生了一個令人不安的念頭。

　　西西里是世界最大的犯罪組織──黑手黨的發源地，這個信封是不是他們殺人的通知呢？

　　我在三藩市住了很久，十分清楚美國黑手黨是如何行

動，他們會徹底除掉所有對組織不利的人。黑手黨擁有自己的殺手，稱作「刺客」，或叫「打手」。如果負責刺殺行動的人想避免嫌疑，可以另外僱請職業殺手行兇，這種做法叫「合同」。

僱主不用直接跟職業殺手接觸，只須向他提供必要的情報，包括暗殺對象的照片、名字，或許還有地址。這些會是暗殺對象的照片嗎？這人的名字叫阿爾伯托‧里帕利嗎？

如果他們給錯了照片，那麼我自己的照片呢？那卷菲林中有許多我的照片，信封上還有我的名字和酒店住址。

我應該到地下墓穴赴約 ，還是不去呢？

　　大概是我弄錯了，照片和警告之間可能沒有什麼關係。現在我唯一要做的事情，就是取回自己的照片。

　　我去了照相館幾次，但大門總是關着。現在是下午三時左右，我再次到照相館去，可惜仍是白行一趟，只好返回酒店。經過接待處時，我看見告示板上有公共汽車遊覽帕勒莫名勝古跡的廣告。角落裏還有一張卡片，印着提供二十四小時通宵沖印照片服務。我向接待處職員查詢，卡片上指的是不是大街上那間照相館。他似乎不願意告訴我，於是我把一張五百里拉的鈔票放在桌上，他才點頭表示正是那一間。我告訴他照相館派錯了照片，照相館又老是關着門，想知道如何才能找到店主或那位顧店的小姐。他默默站在那裏看看那張鈔票，我唯有再添一張。他收起兩張鈔票後，便在紙上寫下地址。

　　「那位小姐叫瑪利亞・加姆貝蒂，」他說，「她有時會到酒店來幫忙。至於照相館東主的地址嘛，我就不曉得了。」

　　我在城西一幢大廈裏找到瑪利亞・加姆貝蒂。儘管語

言不通，她還是清楚地表明不想知道我的事情。她還說照相館東主在我離開後曾返回店裏，發覺她派錯了照片便大發雷霆，於是她馬上離開照相館，以後再也不想看到他了。她表示照相館東主就住在這條街裏其中一幢大廈，但他現在不在家，要晚上七時左右才回來。因為晚上電視會播放足球比賽，那是他從來不會錯過的節目。

我以前從未到過這裏，得拿出旅遊指南來查看地圖。這時，我發現原來只要走五分鐘，便可到達聖方濟教會的地下墓穴。

我還來得及赴約 12，當然我大可不赴約，隨便找個地方消磨時間，直到晚上七時。14

我走進魚攤,照相館東主已經談完了話,開始向我這邊走過來,但又突然停住腳步。起初我以為他認出了我,後來才發現他並不是在看我,而是越過我在看外面的街。我順着他的視線望去,那個從汽車上下來的男人就在街上跟人們交談。我認為現在是糾正錯誤的最佳時機,因為照相館東主和照片中的男人都在這裏。

我向照相館東主走前一步,從口袋中拿出信封來。他一看見我,表情立刻變得極度驚懼。魚販就站在我旁邊,靜靜地在把一條較小的吞拿魚切塊。照相館東主突然向前撲去,搶過魚販手中的刀,向我猛刺過來,險些刺中了我。

我立即轉身逃走,他繼續向我追來。我順道拿起身邊一條劍魚魚頭,雙手握着吻部的劍,把那沉甸甸的魚頭擲向我的對手。魚頭擊中了他的胸部,他往後打了個轉。刀從他手中飛出來,掉進那巨型吞拿魚張開的嘴巴裏。他衝過去拿刀,但在濕漉漉的地板上滑了一下,沒抓住刀,卻把撐着魚嘴的木棒弄倒了。魚的上顎落下來,夾住他的手腕。他掙扎着要把手抽出來,我便趁機逃跑。

　　魚市場裏一片混亂。

　　兩個男子護送着照片中的人回汽車裏，那兩人應該是一直跟着他的守衛。我向一條看來可以通往別處的小巷跑去，沿途沒有人攔阻我。

　　我跑進小巷，一個男人擋住了我的去路。他跌跌撞撞，顯然是喝醉了酒，正在吃一隻用小鋁箔碟裝着的熟章魚。我企圖推開他，可是他抓住我的手臂，像是要支撐着自己。他的手好像鉗子一樣，緊握着我不放！ **8**

　　我乘的士到聖方濟教會的地下墓穴去，經過照相館時，看見大門仍然關上。我比約會時間早了五分鐘到達，在通往地下墓穴的樓梯口，負責收取入場費的工作人員提醒我墓穴將在二十分鐘後關閉。

　　我從旅遊指南中得知，參觀墓穴的話，二十分鐘已綽綽有餘！地下墓穴是用來安葬十六世紀時死於瘟疫的教徒，後來成了許多西西里貴族的安息之所。這裏的屍體都經過風乾，再用稻草綑紮起來以保持原來大小。屍體都穿上了自己的衣服，一排排靠在牆上，活像面目猙獰的木偶。

　　「男人廊」從樓梯底延伸開去，到處充滿了死亡的氣息。在我兩旁排列着乾枯了的死人頭顱，使我不禁毛骨悚然。來參觀的遊客早已走光，只剩下我一人！我不敢看那些齜牙咧嘴的骷髏頭，只好把眼睛望向地面。我開始沿着走廊向前走，沒想到在眾多滿布灰塵的死人腳中，發現了一雙擦得光亮又時髦的皮鞋。我停下來一看，鞋子的主人身穿聖方濟教會修士的衣服，頭部完全給長袍蓋住。我勉強鼓起勇氣，上前掀開長袍。

　　長袍下方正是向我發出警告那個人的臉孔，他按時赴約，卻也無能為力。他已經死了！

　　當我飛快地通過樓梯口衝出去時，那工作人員用奇異的眼光望着我。我感到噁心，需要呼吸一些新鮮空氣。我來到街上，正好碰上一羣身穿藍色制服的男人，從一座建築物裏走出來。建築物入口有一塊橢圓形招牌，上面寫着「Carabinieri」，相當於美國的警署。

　　這時一輛市區的黃色的士向我駛過來，我應該叫住它嗎？ **15** 還是走進警署報案呢？ **16**

在通往地下墓穴的樓梯口，負責收取入場費的工作人員提醒我墓穴將在二十分鐘後關閉。

我從旅遊指南中得知，參觀墓穴的話，二十分鐘已綽綽有餘！地下墓穴是用來安葬十六世紀時死於瘟疫的教徒，後來成了許多西西里貴族的安息之所。這裏的屍體都經過風乾，再用稻草綑紮起來以保持原來大小。屍體都穿上了自己的衣服，一排排靠在牆上，活像面目猙獰的木偶。

「男人廊」從樓梯底延伸開去，到處充滿了死亡的氣息。在我兩旁排列着乾枯了的死人頭顱，使我不禁毛骨悚然。來參觀的遊客早已走光，只剩下我一人！我不敢看那些齜牙咧嘴的骷髏頭，只好把眼睛望向地面。我開始沿着走廊向前走，沒想到在眾多滿布灰塵的死人腳中，發現了一雙擦得光亮又時髦的皮鞋。我停下來一看，鞋子的主人身穿聖方濟教會修士的衣服，頭部完全給長袍蓋住。我勉強鼓起勇氣，上前掀開長袍。

長袍下方正是向我發出警告那個人的臉孔，他按時赴約，卻也無能為力。他已經死了！

　　當我飛快地通過樓梯口衝出去時，那工作人員用奇異的眼光望着我。我感到噁心，需要到街上呼吸一些新鮮空氣。

　　看過剛才的情景，我實在不想再去找照相館東主了。這代表一切已經太遲了嗎？或是意味着我更加需要去找他呢？這時一輛市區的黃色的士向我駛過來，我應該乘車返回酒店 15 ，還是堅持去找我的照片呢？ 14

要知道我的照片到底出了什麼事，只剩下一個辦法，那就是找到照相館東主或那位顧店的小姐。但經過魚市場一役，我不太渴望再見到那照相館東主。

我希望那位小姐會再打開店門，於是又去了幾次，但門還是鎖上。傍晚所有商店都關了門，我也就不再去了。

我回到酒店的休息大廳，拿起一份叫《時報》的本地報紙，報紙上全是西西里文。我並不指望能看懂什麼，只匆匆翻了一遍，打算看看報紙上的圖片。我一眼便看到其中一張圖片中的人，長得很像照片中那個男子。圖片不太清晰，我把報紙拿回房間，與我的照片作比較。

那毫無疑問是同一人。我雖然看不懂圖片旁邊的文章，但我認出阿爾伯托·里帕利的名字，這證實我對他身分的猜測的確沒錯。我本來覺得這件事對我沒什麼大用處，忽然發現原來我錯過了一些重要資料。信封上的紙條下面還印着一個名字：湯馬所·蒙德羅。照相館沒有店名，這倒是個新發現。

房間裏有一本帕勒莫的電話簿，我翻查湯馬所·蒙德

羅的名字。他共有兩個地址，一個是商店地址，另一個顯然是私人住址。那是在城裏的某個地方，一定是照相館東主的家了。我按照號碼撥了個電話，聽來已經有人拿起了話筒，卻沒有説話。我掛掉電話後再試一次，對方的電話仍在使用中，我猜是把話筒拿起來了。

　　我走到接待處詢問，職員告訴我那是城西一個街段的樓房。現在我知道照相館東主的地址，雖然他不接電話，但很可能待在家裏。

　　我應該冒險去見他？ **17** 還是留在酒店，思考下一步行動呢？ **18**

瑪利亞‧加姆貝蒂説照相館東主晚上七時左右會在家，就當作七時好了，那麼我還要等兩個小時。我可以回酒店，也可以找一家餐廳大吃一頓，然後四處遊逛一下。諾曼王宮就在附近，那一帶有很多賣紀念品的商店，到很晚還營業。當我到達那裏時，突然下起雨來。我買了一份本地報紙，走進最近的一家餐廳，決定悠閒地吃一頓晚餐來消磨時間。

我點了菜，打開報紙。這份報紙叫《時報》，寫着的全是西西里文。我並不指望能看懂什麼，卻看到了照片中那個人的圖片。我雖然看不懂圖片旁邊的文章，但我認出阿爾伯托‧里帕利的名字，這證實我對他身分的猜測的確沒錯。

我走進餐廳時，有一個男子跟着我進來。他坐在我對面的一個角落裏，並沒有吃東西。在他面前放着一瓶酒和一個酒杯，他也沒有喝酒。我懷疑他在跟蹤我！待我離開時看看他會否跟來，便知道我的猜測是否正確了。

我示意侍應結賬，他把賬單拿來。價錢貴得驚人，一定是算錯了！我點菜時那侍應明明完全明白我説的話，現在卻弄不懂我的意思！我要求見經理，那侍應只好去找他。我向

對面那個角落望了一眼，剛才那個男人已經走了，整瓶酒原封不動地放在桌上。

經理過了很久才來，然後花了更多時間才弄清楚我的賬單是算錯了。二十分鐘後，我終於踏出餐廳。那個疑似跟蹤我的人已經消失得無影無蹤，但我有一種奇怪的感覺：有人故意阻延我離開餐廳。

快要七時了，我動身向照相館東主的家走去。

15

　　的士司機是個上了年紀的人，我一聽便知道他的英語是在戰時向美軍學的。他帶着明顯的布魯克林口音，而且差不多每句話後面都加上「Okay」。他告訴我在這個城市兩條主要大道的交叉口，即四首歌廣場那一帶傍晚交通十分擁擠，如果走另一條小路回酒店，就可以避開交通擠塞。

　　「我帶你走後街，讓你快點到達，Okay？」

　　「Okay！」我回答。

　　如果一早知道司機的駕駛技術有多「了得」，我便不會答應他。後街彎曲狹窄，地上鋪着的石頭已被多個世紀的行人和車輛磨得又光又滑。剛才下過一陣驟雨，地面簡直滑得像一個溜冰場。的士以高速滑過街角，差點撞倒一輛手推車，然後發出一下長而尖銳的煞車聲，橫泊在街上。透過車窗的雨點，我看到一輛大型黑色汽車擋在面前。的士司機不斷按喇叭，但喇叭聲並沒有完全蓋過那手推車主人的咒罵聲。

　　一個男人從黑色汽車旁的門口出現，那位司機立刻停止按喇叭，咒罵聲也止住了。那人坐上了黑色汽車，我認得他

就是照片中的那個人。

「他是誰？」我問司機。

「唐……」他猶疑了一下，「阿爾伯托·里帕利。」

我知道司機本來想説唐·阿爾伯托。「唐」就是「教父」的意思，是對黑手黨頭目的尊稱。

「他是黑手黨的人？」我問。

司機聳了聳肩。

「你忘了他們在戰時也站在你們那一邊，跟墨索里尼*作對嗎——Okay？」他補充説，「阿爾伯托·里帕利Okay，他幫助窮人，在帕勒莫有不少窮人呢。」

他已經説出我想知道的事，我並不想繼續説下去。黑色汽車離開了，的士也再次開動。幾分鐘後，我便回到斯卡里尼別墅。18

*墨索里尼是意大利第40任總理，對意大利實行獨裁統治。

16

坐在報案桌後的警官會説意大利語，也懂一點英語。但我還是把事情説了三遍，他才明白我説的話。他轉身離開時，示意我等候一下。

一個多小時後，有人帶我到一個辦公室去。接見我的人自我介紹叫里卡迪督察，他請我坐下來，還對讓我久候表示抱歉。聽到他説得一口流利的英語，我鬆了一口氣。他解釋自己得花一些時間來查證我説明的事情，我等着他繼續説下去。

「什麼都沒有！」他説，「我們沒有收到有人失蹤的報告，沒有發現屍體，沒有找到謀殺案現場，也沒有任何事情能證明你説的話。」

「那麼，你認為是我捏造的嗎？」

「不，我沒有這樣説。」他回答，「最近一年來，帕勒莫發生過二百多宗謀殺案，絕大多數都是黑手黨策劃的，大概還有更多我們不知道的犯罪事件。很多人無故失蹤，而這些人可能已經成為新住宅大樓或商業大廈鋼筋地基的一部分。也許你看見了一些不該看到的東西。」他頓了頓，繼續

説下去，「我不否認黑手黨存在，也不會説黑手黨的殺人勾當在帕勒莫並不常見。我只想告訴你，像你這樣的遊客，黑手黨不會感興趣。」

「你又怎樣解釋那些照片？」我問。

「人家不小心弄錯了吧。那些照片裏是一個叫阿爾伯托‧里帕利的人，説不定他與黑手黨有關係。但他在帕勒莫是個有頭有面的大人物，經常被人拍下照片。也許有人隨意拍下那些照片，供給雜誌社使用罷了！」

里卡迪督察不相信我説的話，或者應該是不願相信我説的話。離開警署時，我心中有兩個打算：其中一個是立即離開這個島嶼，但殺手會繼續跟蹤我嗎？**20** 另一個打算更加危險！這個里帕利看來是黑手黨的頭目，假如我向他提供手上有用的情報，他會感謝我，並把我從目前的困境中解救出來嗎？**22**

房子就在舊城區的邊緣。在我這邊的路上建築物顯然已經非常古老，搖搖欲墜似的，與另一邊路上的鋼筋水泥大廈形成鮮明對比。我正要橫過馬路，突然聽到對面街口傳來一陣叫喊聲。接着，三個男子從一幢大廈門口出現，有兩個人抓住站在中間那個不斷大叫和掙扎的人，一起走向一輛停在門口前的綠色快意牌汽車。他們把脅持着的男子扔進後座，然後其中一人也跟着上了後座，另一人則跳進司機座。汽車開動後，在離我不到一百米的轉角處消失。我肯定那個被人帶走的男子就是照相館東主！

人們一定聽到這吵鬧聲，於是我等着看看接下來會有什麼動靜。可是一切平靜如常，彷彿沒有發生過任何事。我正考慮還要不要進去大廈裏，這時快意牌汽車再度出現，在我身邊飛馳而過。我看到汽車裏面只有兩人，而照相館東主已經不在了！

那輛汽車剛才不會走得太遠，而且我知道它駛去的方向。他們有可能是把照相館東主推下車，或許已經死了，或許只是受了傷，我至少該去幫點忙。我拔腿便跑，向剛才汽

車拐彎的分岔路跑過去。

　　那是一條筆直的長街，我一直跑到街道另一頭，從那裏可以通往一個古老的廣場。

　　廣場中央是一個裝飾用的噴泉，噴泉裏有一些大理石雕像，我猜那是一眾海神。雕像周圍是一個個布置得像花瓣的盛水池，水通過大理石海豚雕像的嘴巴，從一個盛水池流向另一個。

　　這個廣場十分荒涼，只有水流輕微濺潑的聲音打破沉寂。 **19**

# 18

我的生命毫無疑問遭受威脅，必須立即採取行動，保護自己。我可以到警署去，但即使他們相信我説的話，除了把我關進單人監倉外，我想不出他們還能給我什麼保護！我可以離開這個島嶼，卻又擔心一件事：無法阻止一名殺手跟蹤我！而且直到明天早上前，我也無法乘飛機離開帕勒莫。我沒有忘記那枝紅玫瑰，雖然我不清楚它的意思，可是從那位清潔女工的反應來看，這枝玫瑰不會是代表愛情或祝福！

我知道酒店裏並不安全，也有想過搬到另一間酒店，但如果有人監視着我，這樣做並沒有什麼用處。現在唯一可以做，又不會讓太多人知道的，就是更換房間。

我跟接待處職員説現在的房間面向羅馬大街，實在太嘈吵了。那位職員告訴我酒店尚有一個空置的房間，他請我在休息大廳等候，工作人員會把我的行李搬過去。

於是，我到休息大廳喝杯咖啡，十分鐘後突然響起一聲爆炸，幾秒鐘後傳來激動的叫聲和人們奔上樓梯的聲音，我跟着人羣上去看個究竟。

當我走到三樓，走廊裏充滿濃煙。煙霧是從一個房間

的門口冒出來，那道門的鉸鏈被炸掉，大門橫卧在走廊地板上。這正是我的房間！

後來酒店向我「解釋」：一名暖氣管工人曾在我的房間裏工作，他在暖氣爐旁邊遺下了一桶丙烷，引起爆炸。不過酒店並沒有開啟暖氣，這個理由頗難令人信服。

假如這天晚上再也沒有發生什麼事，我仍然可以在第二天早上離開這個島嶼。 **20** 這時，我腦海裏閃過一個十分危險的想法。反正已經到了危急關頭，我也只好孤注一擲。我幾乎肯定阿爾伯托·里帕利是黑手黨的頭目，既然我掌握着一些情報，何不把情報提供給他？他或許會有報答我的方法。 **22**

這個廣場分別通往四條街，汽車可以駛進任何一方。我的搜索大概是沒有希望了，但我決定在放棄之前，至少繞着噴泉走一圈，弄清楚這個廣場是否真的像表面看來那般荒涼。

我走到廣場中央，開始沿着噴泉周圍的窄路走。我突然停下腳步，看看身邊盛水池裏的水，又抬頭看看夜空。一定是光線的問題，盛水池裏的水竟是淡紅色的！我再細心凝視，顏色似乎變得越來越深，甚至有紅色的水從大理石海豚雕像那頭湧出來。

我抬頭看噴泉中央的雕像，認得其中一個是海神尼普頓。他伸出手臂，手指彎曲，彷彿拿着什麼似的，但手裏卻空空如也。他手上的戟不見了！

我繼續向前走，有點反胃的感覺。只走了五六步，便見到那失去了的戟，垂直插在一個盛水池中。

我不想猜測這枝戟刺着什麼東西，但我知道有看看的必要。每個盛水池都有一條又結實又寬

闊的邊，要沿着邊來爬並不是困難的事。

　　我爬到噴泉頂部，扶着一個雕像張望。在那枝戟與水接觸的地方，有一團深紅色在水面不斷擴散。我看不清水底裏的黑影，但我認為已經看夠了。

　　廣場內仍然空無一人。我從噴泉爬下來，走進其中一條街，打算返回市中心。也許因為我心不在焉，不知不覺向着一羣穿藍色制服的人走去，他們剛從一座建築物裏走出來。建築物入口有一塊橢圓形招牌，上面寫着「Carabinieri」，相當於美國的警署。我應該進去 16，還是返回酒店呢？18

第二天早上，我在帕勒莫機場等候飛往羅馬的飛機。只要到達羅馬，我就可以提早回去美國。

我沒有什麼東西需要申報，希望能迅速通過海關檢查。可惜事與願違，關員要求我打開行李箱。我耐心地等待，讓他仔細翻查。他從行李箱底部拿出一件東西，並向我遞過來，這東西看來像一塊深棕色的拖肥糖。

我實話實説，告訴關員不知道這是什麼，也不曉得為何它會在我的行李箱裏。那關員叫我走進旁邊的一個房間，背後還有兩個關員跟着進來給我搜身，但沒再找到什麼。他們把我鎖在房間裏，然後離開。我滿腹狐疑，雖然我從未見過這東西，但大概可以猜出這塊「拖肥糖」實際上是什麼。如果我沒有猜錯的話，一定是有人阻止我離開這個島嶼。

半小時後，來了兩個身穿藍色制服的警員。我最擔憂的事情果然發生了！我因藏有非法藥物——大麻而被逮捕。

他們把我押回帕勒莫一所警署，我要求請律師或打電話，但他們一一推辭，並把我關在一個單人監倉內。

麻煩彷彿無窮無盡似的，我實在需要別人的幫助。這

時，腦海裏突然湧出一個念頭：在這裏可能會找到一個朋友。我爸爸在海軍陸戰隊服役時曾到西西里打仗，他常常向我提起戰時的「伙伴」，那是叫吉美·詹姆遜的連長。聽説詹姆遜連長和一位西西里女子結婚了，戰後在西西里定居下來，他住的小城鎮叫阿德拉諾。但我不知道他現在是否仍住在那裏，甚至不知道他是死是活。也許他像我爸爸一樣，早就去世了。

當時我下了決定，必須向警員要求與美國大使館聯繫。突然監倉的門打開了，一個穿便服的男人走進來，他的衣着有點華麗，並不像警員。**21**

他伸出手跟我握手時，我看到他的指甲修剪得很講究。

「我叫切薩萊·文岑左，」他說的是標準英語，「我是律師，剛辦理好釋放你的手續。」

我簡直不敢相信這個好消息。

「警方不會起訴你，你現在可以走了。趕快收拾一下你的東西，我的汽車就在外面等着。」

我心裏滿是疑問。

「對不起，我的工作繁忙。」他說，「請你在車上再問吧，我會一一回答的。」

在車上，我一直想着能擺脫這個麻煩真幸運。但當我察覺文岑左的汽車正駛出帕勒莫時，我又再次不安起來，連忙問他要到哪裏去。

「阿德拉諾。」他答道。

我立即想到了詹姆遜連長，但文岑左接着說：「我們去見付律師費給我的人。你一定聽到過他的名字，他叫里帕利。阿德拉諾離這裏三百公里，我提議你舒舒服服地坐着，欣賞一下沿途美麗的鄉村景色。」

　　文岑左剛才的回答解開了我心裏的兩個疑問：他怎會知道我因毒品而被警方拘留？為什麼警方會那麼容易就撤銷起訴？我早想到有人要把我留在島上，現在幾乎可以確定那人就是里帕利。我本想把有用的情報告訴他，但如果是他把我弄進監牢，即使後來把我保釋出來，我也沒欠他什麼。

　　汽車在阿德拉諾停下來加油，這城鎮比我想像大。而且附近還有一大羣遊客正在下旅遊巴，看來這裏有些名勝古跡。文岑左去了付汽油錢，把我留在車上。

　　我真的要去見阿爾伯托・里帕利嗎？ **25** 如果我留在車上，便沒有選擇的餘地。這裏是阿德拉諾，雖然現在還不能確定，但我的朋友確實曾經住在這裏。文岑左背對着我，我可以輕易溜出汽車，鑽進人羣中躲藏起來。 **26**

我決定要見阿爾伯托‧里帕利，但我不知該怎樣做。即使我知道他住在哪裏，也得説服他跟我見面。

我在電話簿裏找不到這個名字，這不足為奇，他可能沒有登記電話號碼，我甚至不知道他是不是住在帕勒莫。從照片看來，他經常在市內不同的街道出現。但人海茫茫，是不大可能在街上找到他。即使找到了，也許會有人保護着他，不讓陌生人接近。

我決定問一問酒店那位職員，反正我不會有什麼損失，而且他給我的印象是：只要他對價錢滿意的話，説不定還會親自為我安排呢。

當我向他説明要跟阿爾伯托‧里帕利見面時，他一點都不感到驚奇，只是默不作聲。我以為他在等我拿出錢來，便打開錢包，他卻搖了搖頭。

「我不要錢，我只想知道你要見他的理由。」他説，「這是一位大人物，也許我可以為你安排，但不能毫無理由。」

我請他稍等片刻，便立即回房間從信封裏拿出一張照

片,在背後寫上:「這是一疊照片中的其中一張。你應該看看其他照片,這對我們雙方都有好處。」我把照片交給那位職員。

我估計要等候一段時間才有答覆,可是僅僅過了兩小時,那職員便來休息大廳找我。

「酒店後面有一個小花園。」他説。

我點了點頭。

他接着説:「在花園盡頭的牆上有一道門,門沒有鎖上。」

他説了這幾句話,便離開了。我走進花園,找到了那道門。我想打開門後一定會看到對面有人等着我,但我看到的東西使我十分意外。**23**

花園牆後是一條窄巷，巷口停着一輛紅色的大型哈特佛牌電單車，這是在西西里能買到最貴和最強力的電單車。車上坐着一個人，他身穿黑色皮衣，戴着頭盔，護目鏡完全遮住了他的臉。

他遞給我一個相同的頭盔，説了一聲：「上車。」

我有點意外，猶疑了一下。

「怎麼啦？」他問，「你以前沒坐過電單車後座嗎？」

我點頭説坐過，然後問他要到哪裏去。

「阿德拉諾，」他回答，「你不是想見唐‧阿爾伯托嗎？他住在阿德拉諾，這就是我們要去的地方。」

我注意到他説了「唐‧阿爾伯托」，「唐」就是「教父」的意思，那是黑手黨專用的稱呼。我知道阿德拉諾是靠近埃特納火山的一個小鎮，離這裏一百多公里。我戴上頭盔，登上電單車後座。

我們離開帕勒莫，沿高速公路駛往東岸的卡塔尼亞。在恩納，電單車轉入通往阿德拉諾的道路。車開得很快，一直保持着時速每小時一百公里，這一趟旅程只能用「驚心動

魄」來形容。

在這一個半小時的路程中，我們一直沒有交談，讓我有時間去思考問題。比方說，為什麼我知道阿德拉諾這個地方，還知道它在哪裏呢？我估計是在旅遊指南中見過，後來我才記起來。我爸爸在海軍陸戰隊服役時曾到西西里打仗，他常常向我提起戰時的「伙伴」，那是叫吉美·詹姆遜的連長。聽說詹姆遜連長和一位西西里女子結婚了，戰後在西西里定居下來，他住的小城鎮叫阿德拉諾。他可能還住在那裏呢！

阿德拉諾的大街很繁忙，因為前面有道路工程，電單車被迫停了下來。有兩輛旅遊巴停在路旁，一大羣遊客正在下車。我真的要去見一個黑手黨頭目嗎？ **25** 既然我有朋友住在阿德拉諾，我也許可以找他幫忙。從電單車後座溜下來，然後混入遊客中跑掉，這是輕而易舉的事。 **26**

詹姆遜整個上午都在打電話，吃午餐時，他已安排好一切，讓我在東岸的一個小港口塔奧敏納登上漁船。我們將在這天晚上離開阿德拉諾，於黎明前到達塔奧敏納。

詹姆遜給了我一件有風帽的厚外衣、三件薄毛線衣和一雙長筒工作靴。

「如果不想被人見到，便要辛苦些。」他說，「攀上那座山，越過那山頂。」他指着遠處輕輕冒煙的埃特納火山說。

「你是說繞過那火山口嗎？」我問。

「請聽清楚，我是說通過那火山口。除非你掉進熔岩裏吧，不然山上的夜晚十分寒冷。」他說。

如果詹姆遜告訴我夜遊埃特納火山口是給遊客的活動，我可能會感到好過一點。我們駕車到達火山南面三分之二的高處，在那裏登上一輛纜車，快接近山頂時便下車。那裏有導遊等候着為遊客帶路，還有幾輛戰時的吉普車出租，車上坐着司機。詹姆遜租了一輛吉普車，但不要司機。我不知道他付了多少車資，但他是自己駕着吉普車回來的。他叫我坐

在後座，小心扶好，因為路途非常崎嶇。

山上沒有路，但火山口邊緣有一些寬闊的裂縫，一道道結實的熔岩從這些裂縫伸展到山下，這是火山最近爆發過的證明。吉普車就在其中的一條熔岩「路」上向上行駛。

埃特納火山口上空亮着的一點紅光，説明這仍是一座活火山。就連我們沿着走的「路」上也遍地是小火山口，會突然噴出陣陣蒸氣和令人窒息的硫磺氣體！

我們顛簸地通過裂縫，最後到達火山口。它比我想像的還要大，就如一個滿布灰塵的大碗，直徑有好幾公里寬。遠在我們下面的火山口內，紅紅的熔岩活像一個閃爍發光的小湖。 **29**

25

里帕利的房子離阿德拉諾約三公里，有一條小路通往那裏。小路在葡萄園間蜿蜒，沿着埃特納火山山腳的斜坡，直達山上那裊裊生煙的火山口。

這座房子不像我在加州見過那些葡萄園，其中一個不同之處就是屋頂上有一個男子背着自動步槍守衛着。

里帕利本人像一個受人歡迎的叔叔，整個人散發着一種友善的魅力，就像要拍拍你的頭，請你吃雪糕那般。他鐵灰色的頭髮剪成平頭裝，身形略胖，走起路來稍微有點跛，但看來很順眼。

他聽完我說的話，把照片看了一遍。我實在無法從他的臉色，看穿他心裏在想什麼。當他開口說話時，聲音依然沉靜柔和。

「當你成為教父，就總會有敵人。」他說。

他的聲調並不高亢，我還注意到他提及「教父」一詞，這是黑手黨頭目對自己的老式稱謂。

「曾經有許多人想殺死我，我背部還留着一顆子彈，但我不是仍然活着嗎？你看來有點擔心。」

我説我的確擔心。

「不用擔心,感謝你把這些消息告訴我。既然你需要幫助,我便以恩報恩。你現在是我的客人,我會為你安排一切。」

他們招呼十分周到,不管我提出什麼,都會立刻得到滿足,甚至為我準備了一個掛着潔淨衣物的衣櫃。

黃昏過去了,我像是一個普通的客人,在一間平常的鄉村大宅裏作客。我簡直是懷着輕鬆的心情去睡覺呢!可是,有一個拿着自動步槍的男子在屋頂上徘徊,我真的説不出這是好客的表示,還是令人安心的做法! 28

26

我鑽進人羣中，再走入一條巷子。一個傳教士在巷子裏向我迎面走來，他應該會說意大利語，還可能知道詹姆遜是否住在城裏。我上前打聽，他果真認識詹姆遜，還告訴我城堡旁邊有一條馬德萊街，在街的盡處有一座白色的別墅，那就是詹姆遜的家。

我找到那座別墅，也找到了詹姆遜。他至少有六十五歲，但看上去只有五十多歲，一頭濃濃的鬈髮沒有一絲灰白。他的太太叫特麗莎，應該比詹姆遜年輕。黑黑的頭髮，橄欖色的皮膚，身材略為肥胖，卻風采依然。這座別墅不但大，而且裝修華麗，是詹姆遜用美國海軍陸戰隊的退休金購買的。

這次拜訪並不是為了交際聚舊，但一直到吃過晚飯，待特麗莎告退後，我才有機會跟詹姆遜單獨交談。他靜聽着我講述事情的經過，我發現他有一個習慣，就是思考問題時總是用手指梳理頭髮。他這樣梳理了好幾遍，才回應我說的話。他只說了一句：「對，這事的確有道理。」接着他站起來走出陽台，我跟在他後面。

陽台上可以清楚看到埃特納火山的西坡，青青的田野和葡萄園已隱沒在灰濛濛的黑暗中，火山的輪廓在黃昏的天空下格外分明。一層薄薄的煙霧從火山口升起，在落日餘暉中與紅霞相接。詹姆遜指着遠處一幢在翠綠叢林中隱約可見的白色建築物。

「那就是里帕利的房屋和葡萄園。」他說。

「你認識里帕利？」我問。

「我們是鄰居。」他回答。

他再次用手指梳理一下頭髮，然後轉過身來，面向着我。他說：「聽着，你父親曾救過我的性命，但現在他已經死了，因此可以說我欠了你的恩惠。我需要好好考慮這件事，你先去睡吧，明天我一定會想出辦法來！」 **27**

27

　　我見到詹姆遜時，他正在陽台上吃早餐。他說特麗莎一早去了何德拉諾的菜市場。他給自己倒了一杯鮮榨橙汁，突然問：「你對三合會知道點什麼嗎？」

　　「知道得不太多。」我說。我只知三合會是中國的黑手黨，在三藩市唐人街發生的罪案大部分是他們做的好事。

　　詹姆遜說：「最近警方逮捕了許多人，使西西里的販毒活動受到打擊。據說三合會想插手本島的吸毒生意，有意重新組織販毒活動。這對他們有利，西西里的黑手黨也可以賺到更多錢。」

　　他再倒了一杯橙汁。

　　「里帕利，或者他喜歡別人叫他唐‧阿爾伯托，是最後一個老一輩的黑手黨頭目。他的錢是靠摻水酒和建築業賺來的，一向不喜歡接觸毒品或三合會。其他黑手黨頭目都是年輕人，不介意碰這些，只要賺到錢便行。他們希望里帕利下台，又不敢公然對他採取行動。因為里帕利是島上半數窮人最尊敬的人，地位舉足輕重。這就是有人僱用外面的殺手暗殺他的原因了。」

　　詹姆遜當然明白他說的話雖然有趣，但對我的處境毫無幫助。

　　「你有兩個選擇，」他繼續說，「我可以帶你去見里帕利，他一定會感激你把事情告訴他。里帕利在西西里到處都有耳目，相信會有辦法幫助你。」

　　「那麼另一個選擇是什麼？」我打斷他的話。

　　「另一選擇是把你送出這個島。我有朋友可以帶你坐漁船離開……登上一艘科西嘉島的貨船，再在馬賽登岸。我會給你弄些錢和證件。到達馬賽之後，你就返回美國去。」

　　我必須在這兩個選擇中做決定！是見里帕利？**25** 還是到馬賽去呢？**24**

第二天早上吃過早餐後，里帕利帶我騎馬到他的葡萄園去。我開始懷疑他是否忘記了我到這裏來的原因，但不久便打消了這種想法。當我們回到房子裏的時候，有一個男人正在休息室裏等候着。他皮膚黝黑，個子很高，頭上烏黑的頭髮梳得很貼服，身上帶着一陣香水味。他的襯衣顏色有點刺眼，跟紅色絲質領帶和漂亮的意大利黃皮鞋很不相配。

「他叫菲立波，是我的中尉。」里帕利説，「從現在起會由他來照顧你，你們大家認識一下吧。」

菲立波向我伸出手來，這是一隻肌肉鬆弛又黏乎乎的手。我希望他脹鼓鼓的外衣裏是一把槍，可以在危急時使用。除此之外，我不覺得他還有什麼可取之處！

「我認為你應該留在這裏，這裏有守衞，十分安全。」里帕利説，「我已經開始調查是誰訂立『合同』，可是菲立波不同意，他認為這樣做太費時了。」

他向菲立波示意：「你解釋一下。」

「首先，我會帶你回帕勒莫。小心選擇一個地點藏身，然後等候。」菲立波説，「我們要秘密行事，但又不能太秘

密。」

我明白他的意思，即是把我帶到帕勒莫一個隱蔽的地方，安排我成為陷阱中的誘餌。這個計劃並沒有讓我震驚，我認為菲立波說得沒錯，這可能是結束這件事最快捷的辦法。

「我不喜歡這個辦法，」里帕利說，「主意是不錯，但太危險了。」

他向我轉過身來。

「這是你性命攸關的大事，你得自己拿主意。你好好考慮一下，再告訴我你的決定。」

這問題我早就想過，留在里帕利家的確讓我感到很安全。 **30** 不過我待在這裏期間，殺手會就此罷手嗎？我雖然不喜歡菲立波，但我是不是該照他的主意去做呢？ **32**

我們剛駛進來時，火山口中央的熔岩看似對我們無害，但現在熔岩活動起來，像噴泉般噴上天空。

詹姆遜轉過身來叫道：「不用擔心，熔岩到不了我們這裏。我會緊貼邊緣駕駛，一直到北壁去。到了那裏我們便離開火山口，往一個叫彼亞諾・普羅文扎薩的滑雪場駛去，那裏有交通工具可以載我們到林瓜格洛薩。在林瓜格洛薩會有一輛車等候着，及時載我們到塔奧敏納，然後你便開始『捕魚』之旅了。」

我在車上欣賞自然界的「焰火」表演，卻發現詹姆遜一直看着倒後鏡。

「有人跟蹤我們，後面有一輛吉普車緊緊跟住。」在火焰的照耀下，詹姆遜看到車上的是什麼人。「是菲立波・傑拉，里帕利的中尉。他從帕勒莫貧民窟中出身，是最出色『打手』之一。」

他把一把手槍拋到後座給我。

「我會設法避開他，你伏在座位下扶好。那把左輪手槍不是玩具！需要你開槍時，我會告訴你。」

由於帆布蓋着，我看不到吉普車後面有什麼東西，但我按照他的話伏到座位下。這時車子擺動着，正好急速轉彎。我可以感覺到我們正在下山，而且顛簸得越來越厲害。汽車越開越快，使人更覺心寒。

灰燼如雨水般落在帆布上，汽車突然着了火，燙熱的石頭不斷落在四周。詹姆遜發瘋了！我爬起身來，他已經走掉，司機座位上空無一人！吉普車後面的帆布已經燃燒起來，前面除了滾滾熔岩外，我什麼都看不見！我下了車，落在一堆滾熱又軟綿綿的火山灰上。在我移動之前，我聽到一聲巨響，一陣熱浪向我襲來。吉普車爆炸了！

熱灰和碎石燙着我的皮膚，燒着我的衣服，我得儘快逃離那熱浪。我拖着蹣跚的步伐，沿着邊緣走。在塔奧敏納真的有一艘船嗎？**33** 還是調頭返回帕勒莫，尋找相信我所有經歷的人？**35**

# 30

　　我看得出菲立波對我安全至上的決定很不高興，但里帕利似乎很滿意。

　　白天平安無事地過去了，現在我已回到房間裏睡覺。這天很熱，太陽下山後天氣仍然很熱。我拉起窗簾，打開通往陽台的落地玻璃窗。

　　我站在梳妝枱旁邊，面對着牆上的一面落地長鏡，我可以從鏡中看到窗外的暮色。

　　突然，遠方的黑暗中出現一道閃光，緊接下來我的房間裏傳出一陣刺耳的玻璃破裂聲。鏡子變成了碎片，掉落在地板上。我看到裂縫從一個中心點快速擴散，那一定是被一顆子彈打出來的！

　　我向電燈開關衝過去，把燈關掉。外面傳來叫喊聲，跟着整個地方燈火通明。我聽到屋頂上響起自動步槍的聲音，叫喊聲變得更頻密了，還夾雜着陣陣槍聲。

　　外面響起急速的腳步聲，跟着有人敲門。我一邊叫道「來了來了」，一邊關上窗簾，然後走過去打開門。

　　里帕利站在門外。

「你沒事吧？」他問，「發生了什麼事？」

我覺得開燈並不是明智的舉動，而且從走廊照進來的光已足夠讓他看到鏡子，我也不必多言。

「你到樓下來，」里帕利說，「我叫人收拾碎片，讓我們調查一下到底發生了什麼事。」

我穿上晨衣，跟他走到客廳。外面又恢復了平靜，大約二十分鐘後，菲立波在客廳出現。

「我們仍在搜索，」他對里帕利說，「但我認為不會找到什麼。」

里帕利的樣子不再像一個受歡迎的叔叔，我感覺到他十分惱怒。**31**

31

吃早餐時，里帕利已經完全變回冷靜又友善的樣子。在我吃東西時，他遞給我一張照片。

「詹姆遜，」他說，「吉美·詹姆遜連長。」

我看着那張照片，不知道他期待我說什麼。

「我們沒有抓到殺手，但把他的樣子拍了下來。照片拍得不好，因為我不懂得使用這玩意。它可以拍攝黑暗中的東西，把一切儲存在磁碟中，再從磁碟中沖印出照片。」

雖然我實在難以相信我父親的朋友會是個職業殺手，但似乎沒有別的解釋了。我想到與里帕利待在一起也不太安全，於是改變主意，按照菲立波的計劃行事。

里帕利的西德平治牌轎車車窗全都塗上很深的顏色，歐普牌則不是。我和菲立波一起坐在汽車前座，好讓別人容易看見。

我們抵達帕勒莫時，發現這裏十分熱鬧擁擠，到處都裝飾着鮮花和旗幟。

我問菲立波這是怎麼一回事，他回答：「慶祝聖羅莎麗亞節，她是帕勒莫的守護神。今天是節慶的最後一天，晚上

有盛大遊行，還會放煙花。人們扛着神像在街上遊行，再扛回俯瞰這個城市的佩萊格里諾山上的神廟去。」

我們的汽車在佩萊格里諾山大街上停下來。里帕利給我準備了一箱衣服，菲立波從汽車行李箱中取出箱子，帶路走進一個入口，那入口直接通往一道樓梯。我們開始往上走，路經一些像辦公室似的房間，在三樓停了下來。

菲立波打開一扇沒有門牌的房門，這裏以前大概是在辦公室裏其中兩個相連的房間，備有簡單的生活必需品：兩張帆布牀、一張桌子、幾張椅子、一個小電飯鍋和一些食物。房間的窗戶一面可以一覽佩萊格里諾山大街，另一面則看到有圍牆圍住的小院子。

菲立波離開前告訴我泊好汽車後，便會立即回來。**36**

## 32

　　一切準備就緒，菲立波用一輛歐普牌轎車送我返回帕勒莫。里帕利的西德平治牌轎車車窗全都塗上很深的顏色，歐普牌則不是。那是為了故意讓人家看見，我和菲立波一起坐在汽車前座。

　　離開阿德拉諾不久，我發覺菲立波不停查看倒後鏡。

　　「沒什麼事，我剛才以為有人跟蹤我們。」他說，「原來是吉美‧詹姆遜，他是美國人，住在阿德拉諾。」

　　我轉過頭來，看見詹姆遜駕着汽車跟在我們後面。但在離開阿德拉諾數米後，他便轉進了另一條路。

　　我們到了帕勒莫，城裏竟異乎尋常地熱鬧擁擠，到處都裝飾着鮮花和旗幟。

　　我問菲立波這是怎麼一回事，他回答：「慶祝聖羅莎麗亞節，她是帕勒莫的守護神。今天是節慶的最後一天，晚上有盛大遊行，還會放煙花。人們扛着神像在街上遊行，再扛回俯瞰這個城市的佩萊格里諾山上的神廟去。」

　　我看到汽車停在佩萊格里諾山大街上。

　　「也許你會在我們的住處看到遊行。」菲立波說。

　　里帕利給我準備了一箱衣服，菲立波從汽車行李箱中取出箱子，帶路走進一個入口，那入口直接通往一道樓梯。我們開始往上走，路經一些像辦公室似的房間，在三樓停了下來。

　　菲立波打開一扇沒有門牌的房門，這裏以前大概是在辦公室裏其中兩個相連的房間，備有簡單的生活必需品：兩張帆布牀、一張桌子、幾張椅子、一個小電飯鍋和一些食物。房間的窗戶一面可以一覽佩萊格里諾山大街，另一面則看到有圍牆圍住的小院子。

　　菲立波把鑰匙交給我，吩咐我把自己反鎖在裏面。除了他以外，不要應任何人的門。他去找地方泊車，會儘快趕回來。**36**

## 33

　　我一擺脱那熔岩熱浪，便停下來不斷喘氣。我四處張望，但沒有看到菲立波·傑拉，也沒有看到另一輛吉普車。我只是聽詹姆遜説過有這麼一輛車，但詹姆遜究竟出了什麼事？有人槍殺他嗎？他被拋出車外了？還是跳車了呢？我禁不住開始懷疑詹姆遜會不會就是來殺我的殺手，他故意要我和吉普車一起掉進熾烈的熔岩中。想到這裏我便停下來了，我不願相信這一點。

　　我開始四處尋找詹姆遜，但這簡直是大海撈針。我慢慢爬上火山口的北壁，越過北壁後便跑步下山。我運氣不壞，終於找到了彼亞諾·普羅文扎薩，可惜滑雪場已經關門，沒有人了。我勉強支撐着穿過松樹林，不時在溪邊用水治理燒傷的皮膚。

　　我沿着一條崎嶇道路來到林瓜格洛薩，一個早起的農場工人推着一輛單車迎面走來。他看見我狼狽的樣子，差點掉頭便跑。我給了他一萬里拉，他馬上把那輛老爺單車借給我。離開前，我告訴他會把自行車留在塔奧敏納港。

　　前往塔奧敏納的路很陡峭，因此我走得十分緩慢。港口

只有四艘漁船，我把單車靠在牆上，向漁船跑去。在最接近我的一艘漁船上，有一個青年靠在船尾。

他叫道：「不用跑得這麼急！五時十分才開船。」

我停住了，喘着氣說：「你怎麼……你怎麼知道我就是你等候的人？」

他向我伸出手來，笑着說：「看你的樣子好像剛從『惡魔島』逃出來似的！就只欠了獄卒和狗吠聲！」

「我以後再向你解釋。」我說。

「不用了，」他告訴我，「我不是靠問問題來獲取報酬的。」34

## 34

　　這個西西里青年原來是個水手，他給了我一件粗毛線衣，讓我脫下身上那帶風帽的厚外衣。經歷攀山涉水後，我的外衣看來好像被蟲蛀得很厲害。他叫我在甲板上坐好，兩個多小時後便會跟那艘科西嘉島的貨船取得聯繫。

　　我們離開塔奧敏納不到一小時，便看到水平線上出現一艘小船，水手連忙拿出望遠鏡來遠眺。

　　「意大利海關船！」他說，然後向我轉過頭來問，「你會游泳嗎？」

　　我說不太會。

　　「倒霉！」他邊說邊脫掉襯衣，跳進水裏去。

　　「意大利海關船為什麼要查我們？」我叫着。

　　「貨物！」他回答。

　　他已經游遠了，但我隱約聽到他喊着：「橙。」

　　我關上小船的引擎，等待海關船駛過來。有人帶我到海關船上，進了船長室。

　　「我們知道你是誰，你沒有被捕。」船長說，「我接到指示要送你到雷焦，讓你在那裏轉乘飛機返回美國，有人願

意用船上的貨物來換取這條件。」說罷，他遞給我一個橙。

他說：「來，剖開它。」我看到橙上有一個小切口。

我把橙剖成兩半，裏面有一個裝滿粉末的小塑料袋。

「這是純海洛英，」他說，「整批貨物的價值大約是二百萬美元，抵得上美國一條街。這算是等價交換嗎？」

我回到了三藩市的辦公室，想見見安排我「度假」的「朋友的朋友」。他和我在同一幢大廈內工作，我找到他的秘書，問他到了哪裏去。

「不要問了！」他的秘書說，「三天前桑蒂尼先生回到辦公室，五分鐘後便匆匆離開，之後再也沒有人見過他了。」

她打開桑蒂尼先生辦公室的門，桌上的花瓶裏插着一枝紅玫瑰。

「他留下的就只有這個，」秘書小姐說，「大概與愛情有關吧。」

我遲疑了一下。我仍然不知道在帕勒莫收到的那枝紅玫瑰的含義，也許桑蒂尼會知道，但我肯定它與愛情無關！

完

## 35

　　我一擺脫那熔岩熱浪，便停下來不斷喘氣，並觀察形勢。我的衣服有些地方還在燃燒，皮膚燒傷了，頭髮好像也燒掉了不少。

　　我想弄清楚發生了什麼事，詹姆遜到哪裏去了？從吉普車上掉下來了嗎？還是跳了車？雖然我沒有親眼看到，但菲立波・傑拉的吉普車在哪裏？真的有這麼一場追逐嗎？還是詹姆遜想讓我無聲無息地消失在埃特納火山的熱鍋中？這真是令人難以置信的事，如果是真的話，詹姆遜便是殺手，而塔奧敏納也不會有漁船。

　　我遠遠看見越過火山口那些吉普車的車頭燈。火山活動這麼頻繁，即使發生爆炸，也可能沒有人會注意到。我重新開始往上爬，翻過北壁，離開火山口，蹣跚地沿山坡走下去。

　　不久，我到達了彼亞諾・普羅文扎薩。現在不是滑雪季節，滑雪場冷冷清清，但我還是找到了一對夫婦。他們並沒有問太多問題，便立即為我做簡單的急救。我燒傷的地方很痛，但只是皮外傷。他們給我找來一些清潔的衣服，看來是

滑雪衣，但總比我身上燒得不成樣子的衣服好。

　　我說要回去帕勒莫，他們懷疑我能否支持下去。但我若是堅持的話，安吉羅——即那位丈夫——可以在第二天帶我前去。他的孫女叫羅莎麗亞，是以帕勒莫守護神的名字來命名。他曾答應帶孫女到城裏看「聖羅莎麗亞節」最後一晚的慶祝節目。當晚人們會成羣結隊地舉起巨大的火炬，扛着女神像在街上遊行，然後再扛回佩萊格里諾山上的神廟去。

　　到達帕勒莫時，天色已轉晦暗。當我們走進佩萊格里諾山大街時，遊行隊伍正朝我們這邊走來。巨大的神像排在隊伍的最前面，後面是一排裝飾着鮮花的彩車和一列列高舉火炬的人羣。

　　這是混入人叢中的最佳時機，我謝過安吉羅後連忙鑽進人海。41

## 36

　　菲立波説他會在外面的房間睡覺，我則待在裏面。這樣有人進來的話，必須先經過他那一關。

　　才不過傍晚，我只在那個地方呆了半天，卻已覺得很煩悶。菲立波心情很輕鬆，正在收聽一台手提收音機。我毫不感興趣，因為除了音樂之外，所有節目都是用西西里語廣播的。於是他給我拿來一些英文雜誌，讓我躺在牀上看。

　　我大概是迷迷糊糊地睡着了。當我醒來時，天色已晚。街道上傳來嘈雜的聲音，我才記起遊行的事。窗外是一個小陽台，往下望可以看到街上有一行人揮舞着火炬，神像就在遊行隊伍最前面，後面是一排裝飾着鮮花的彩車。

　　我正奇怪菲立波為何不叫醒我，卻聽到了他的聲音。他只説了一個名字——「詹姆遜！」接着是一聲槍響和玻璃破碎的聲音。兩個房間之間的門緊緊關閉着，但我肯定聲音是來自房間對着院子的那一邊。菲立波曾堅持要我帶一把左輪手槍，我説我不會開槍。但現在我把它拿起來，走近可以看到院子的窗前。燈光從地下一個房間透出來，我看到菲立波伏臥在走廊上。

我向房門走去，聽不見隔壁房間有什麼動靜。我輕輕把門打開少許，看到一個男子站在窗前，手上握着一把槍。從院子透上來的微弱光線中，我看到滿地玻璃碎片，也看到這個男子頭部的側影。他有一頭漂亮的頭髮，站在那裏用手指梳理着髮絲。

　　我有兩個選擇：我有武器，雖然不懂得怎樣使用它，但有一點對我有利，就是「他在明，我在暗」，可以先發制人！**38** 而房間的陽台是我另一條出路，花車快要經過外面，我可以從陽台跳到花車上，這樣至少能減少數米的高度！**40**

37

　　我動起腦筋思考那個穿便服的人說的話，這顯然是一宗謀殺案：詹姆遜是受害人，而我是兇手！

　　我不確定我沒有開槍殺死詹姆遜，但還有很多其他事情需要向他們解釋。

　　穿便服的人是格列科督察，他很願意回答問題。

　　我問他是否認為詹姆遜是私自闖進來。

　　「也許吧，但可能是有人邀請他來。」他說，「又或者根本沒有人邀請他，這些辦公室本來就屬於他。換句話說，你才是私自闖進來的。」

　　「好吧，」我說，「你對那破碎的窗戶和我頭部受傷的事怎麼解釋呢？」

　　「這裏曾發生打鬥，以致打破了窗戶。至於你頭部受傷，那很容易解釋。你當時站在門口，你以前常開左輪手槍嗎？」

　　「從來沒有！」我說。

　　他糾正我：「你應該說『以前沒有』。你以前沒開過這種手槍，所以你對它的後座力一無所知，只有強健的人才

能握住這種手槍。估計你開槍時，手槍的後座力把你拋到門上，門框上有血，可以證實我的推測。」

他開始說服我，是我殺死了詹姆遜。但我提出一個疑點，使他也懷疑起來。

我說：「如果是我殺了詹姆遜的話，那麼是誰殺了菲立波呢？如果我只發射了一顆子彈，詹姆遜又沒有開過槍，那麼是誰殺了菲立波？我在玻璃碎裂前聽到那一聲槍響的。」

「菲立波是誰？」格列科督察問。

「菲立波是阿爾伯托·里帕利的中尉，」我說，「應該說『曾是』，他的屍體就在那破裂的窗戶外的院子。」

我站起來，搖搖晃晃地走到那破裂的窗前，院子卻空無一人！

我在監倉裏等候審判時，收到一個信封。信封裏有十萬美元和一張字條，上面寫着：「完成合同，這是應付的款項。」

完

# 38

　　我再輕輕地把門推開一點，門的鉸鏈加了油，開起門來滑得很，因此我可以靜悄悄地走進另一個房間。那人仍然站在窗前，背對着我。我舉起手槍，正想開槍，突然街上傳來一片嘈雜聲和一陣陣刺耳的警笛長鳴聲。

　　窗前那人轉過身來，我的手指立即往扳機用力一扣。之後我感到有硬物擊中後腦，在我失去知覺前的一刻，好像聽到一聲槍響，但這有可能是頭部撞擊後產生的幻覺。

　　我醒來時，發現自己躺在門口的地板上。我説不了話，也動不了，只聽到有聲音。我隱約聽到兩人在談話，説的全是西西里語，對話中有「詹姆遜」、「阿德拉諾」、「醫生」等字眼。

　　我想站起來，可是力不從心，只能勉強坐着。現在我看見兩個人彎着身子，望着地上的另一人。説話最多的人穿着便服，另一個則穿着藍色的警員制服。穿便服的人看見我醒了，連忙向我走過來。我總算能説出話來，問他發生了什麼事。

　　他説：「你不要亂動，你受了嚴重的腦震盪，醫生稍後

便到。」

我堅持要知道發生什麼事。

「很好，我把事實告訴你吧。」他説，「我們接到一個匿名電話，叫我們到這裏來。到達時，你們兩個躺在地上，你就躺在剛才那個地方。窗邊的那個人是吉美‧詹姆遜連長，他中了槍，已經死了。他手上握着一把槍，但沒有使用過。」

他拿起一把左輪手槍，問：「這是你的嗎？」

「或許是吧，」我説，「我有一把這樣的槍。」

「這把槍的確是你的，我們從你手中拿來。」他説，「這把槍發射過一顆子彈，相信法醫官會指出那就是殺死詹姆遜的子彈。你可以請律師，在律師來到前無須答辯。」**37**

## 39

　　我雙手握住槍，盡量瞄準，然後向扳機一扣。手槍的後座力差點使我的肩膀脫臼，但我沒有射中詹姆遜。他仍站在原地，跟我開槍前一樣。

　　我忽然看見他抬起頭來往上望，原來用來吊起神像的支架出了問題，其中一條粗繩索斷了，我猜是子彈射中了它。

　　人們的注意力本來因我開槍而集中在我身上，現在大家的視線都轉向了神像。神像搖搖欲墜，人們拚命扶住它，但它還是倒塌下來，與支架一起慢慢滑落地面。神像依然直立着，「站」在破木堆上，沒有損壞。詹姆遜剛才還在，才不過一轉眼，已被壓在一堆破木材下面。

　　人羣向前衝去，似乎把我忘掉了，我趁機向後擠下階梯。

　　來到階梯盡頭時，有兩個人一左一右抓住了我。二人都沒有穿警員制服，我也不認識他們。他們把我押到一輛停在附近的汽車，再推我進後座裏。

　　「不要亂動！」其中一人說，「只要你按照我們說的話去做，很快便可以返回你的家鄉美國去。」

　　那個和我一起登上後座的人拿出一個文件袋，丟在我膝上。

　　「我們正在前往帕勒莫機場。你需要的東西全都在這個文件袋裏，包括護照、簽證和錢。你到羅馬時買件衣服替換吧！」

　　「詹姆遜怎樣了？」我問。

　　「他？」他說，「詹姆遜是殺手，現在已經死了。你還擔心他嗎？他根本不是你殺的。」

　　「不過，你說他死了！」

　　「對呀，人們從木堆中拉出他時就已死了，這不過是一件小小的意外事故。」

　　看來我無法從他們口中知道更多，他們兩人大概是替阿爾伯托・里帕利工作的。**44**

我輕輕關上房門,躡手躡腳地回到面臨佩萊格里諾山大街的窗戶。載着神像的車輛已經駛過,接着而來的是裝飾着鮮花的彩車。

那輛彩車布置得像一個教堂,前面有一個高塔。彩車經過陽台時,高塔與陽台之間的距離估計不足三米。

我把手槍放進口袋,從窗戶爬出陽台。下面的人熙熙攘攘,大概不會注意到我。當高塔經過時,我便跳了下去!

我一定是落在高塔的正中央,因為我感到自己掉進一堆鐵絲網和木屑中,然後砰的一聲摔到最底。幸好有無數鮮花墊在我下面,使我不致受傷。我抬起頭來,看見高塔雖然搖晃了一會,但仍然直立着。

我掙扎着從「教堂」大門口走出去,人羣看見我滿身花朵,突然從花車上出現,都發出巨大的歡呼聲。花車上幾個戴着花朵的西西里姑娘正在向羣眾撒花,她們的反應並不如羣眾那般高興。其中兩個力氣大的女人更把我拋下花車,扔到路上。

大家都以為我喝醉了,這正合我意。兩個男子好心地

把我扶起來，還將一枝火炬塞進我手裏，拉我到遊行隊伍之中。

　　我盤算着一有機會便離開，這時我聽到一陣刺耳的警笛長鳴聲，遊行隊伍阻礙了警車前進。我回過頭來，看到警車在我剛跳下來的那座建築物前停了下來。

　　我不知道離開之後發生了什麼事，但我認為最好還是不要被人發現，至少目前是這樣。而最佳辦法就是混在遊行隊伍當中，繼續前進。**41**

　　周圍有很多警察在維持秩序,相信我最終還是需要警察協助,但現在我的口袋裏有一把槍,我的行動又跟幾個死人有牽連,我實在沒有勇氣「自投羅網」。

　　混在遊行的人羣中讓我感到很安全,事實上我也沒有別的地方可去。

　　一出城來到佩萊格里諾山腳,遊行隊伍便分開了。所有遊行花車,包括載着神像的車輛,繼續在路上前進。步行的羣眾則踏上高高的階梯,準備登上山上的神廟。我跟着這些人走,走了不遠,便有人脫去鞋子光着腳走路。

　　即使穿着鞋子,我也覺得上階梯是件費力的苦事。但我旁邊的那位修女堅定地往上爬,毫無倦容,使我堅持向前。

　　終於看到山頂了,乘車來的人比我們先到達,運載神像的車輛已經停在神廟前的空地上。很多人聚在車輛四周,開始把沉甸甸的神像抬到地面。

　　在我附近的人大多停住了腳步,站在我旁邊的修女也停下來,她竟然連喘氣的聲音也沒有!我們佔了一個很好的位置,觀看這場閉幕典禮。

　　我的視線從神像轉向周邊在抬神像的人們身上，火炬的光照到其中一個人的臉，是詹姆遜！他離開我只有約一百米，我可以肯定那是詹姆遜。

　　火炬的光令他手裏的一件東西反光，原來是一把手槍直指着我！我立即拔出口袋裏的槍，心中盤算着：在二十米的距離內，我大概也射不中一扇穀倉大門，何況是現在這情況？我該怎麼辦呢——向他開槍 **39** ，還是等他開槍，束手待斃？ **43**

　　我還在想着詹姆遜的話，他繼續説下去：「1947年，我參加了國際反毒特警隊。為了往上爬，我冒險混進販毒組織，成為西西里黑手黨裏負責穿針引線的『中介人』，為土耳其、埃及、印度，甚至中國的毒販安排毒品運輸。我要在黑手黨內有好表現，又要秘密地把情報傳送給羅馬和華盛頓，使很多毒品在流入市場前被搜獲。」

　　「這和我有什麼關係？」我問道。

　　「我本來也不知道，直至幾天前才收到消息，原來我的真實身分已經暴露了。」詹姆遜説，「黑手黨想殺掉我，但我估計他們不會公然行事，以免羅馬或華盛頓政府因我被殺而警惕起來。他們要把暗殺布置成意外事故，看似與黑手黨毫無牽轕，這就是你被捲入漩渦的真正原因。你父親與我有點關係，由你來擔當殺手最適合不過。於是有人為你準備了一個你不會拒絕的免費旅遊機會，然後設法讓你相信里帕利的暗殺計劃出錯，殺手找錯了對象。他們用盡警告、刺殺、襲擊等一切手段，讓你相信生命正受到威脅，其實全是假的。事件中暫時唯一死去的人只有菲立波・傑拉。」

「那麼，里帕利也參與了這個陰謀嗎？」我問。

「不，他沒有，真是奇怪極了。其他頭目收買了菲立波，讓他安排一切。如果出事了，他們可以把責任推給里帕利。里帕利一向反對吸毒，這使他入罪的機會大大減低。因此他們只須說服你，讓你相信我是殺手，再引導你為了自衞而向我開槍。」

回到詹姆遜的別墅時，他的太太特麗莎已在收拾行李。桌上有一枝紅玫瑰！詹姆遜看見我注視着它。

「剛才特麗莎在花園折了花，這枝紅玫瑰是她留下的。」他頓了一頓，說，「噢！我明白了！你也收到了一枝這樣的紅玫瑰。你大概不知道，紅玫瑰對老一輩的西西里人來說，是一種仇殺警告——執行處決前的通知。但這朵花不是，只不過是一枝普通的紅玫瑰！」

　　　　完

## 43

　　我的手指在扳機上顫抖着，一切已經太遲了。我看見詹姆遜的槍口閃出一道光，我身旁的修女立即倒在地上。詹姆遜沒有打中目標！我低頭看看那蜷縮成一團黑色的修女。在驚懼之中，一件微小的事引起了我的注意。修女的衣裙下面竟然是一雙發亮的黃皮鞋！

　　我等着他發射第二顆子彈，這一次肯定不會射失的！我必須闖出去！羣眾驚惶失措，周圍一片混亂。我趁此機會，迅速俯身衝下階梯。

　　一隻手突然捉住我的手臂，我試着摔開它。

　　「別再掙扎了，你這傻瓜難道不知道誰才是你的朋友嗎？繼續向前走，不要回頭。」

　　這是詹姆遜的聲音！我想到他有一把槍，只好繼續向前走。

　　我們到達階梯盡頭時，他把我拉離大街，走進一個院子，裏面停了一輛汽車。

　　「上車！」他命令。

　　我站着不動。

「我知道你有一肚子疑問，我們上車再談吧！」詹姆遜催促着。

「你剛才殺了一個修女，但我知道你想殺的其實是我。」

「『修女』？那個穿黃皮鞋的傢伙是菲立波‧傑拉。他在那裏的目的是要證明你殺死了我，或是讓事情如此發展。來！如果拿去我的手槍你會高興些，就儘管拿去吧，不過你一定要上車！」

我上了車。

「我們到阿德拉諾去吧！」詹姆遜説，「他們的計劃失敗了，幾小時內應該不會有什麼行動。到時，你、我和我太太特麗莎已經離開了這個島。放心，我會安排一切。」

在駕車回阿德拉諾途中，詹姆遜把事情的真相全部告訴我。

「你一直想知道誰是殺手。我告訴你吧，你就是殺手。」

「荒謬！」我大叫起來。

「是嗎？」他説，「今天晚上你差點殺死我。里帕利不是謀殺對象，我才是！」42

44

　我在帕勒莫機場通過海關時，沒有遇到什麼留難。飛機把我送到羅馬，我從那裏飛到紐約，再飛往三藩市。

　三天之後我返回辦公室上班，我總覺得事情不會這樣了結。每天我都在等候警方或聯邦調查局來找我，但什麼事情都沒有發生。

　那個和我在同一幢大廈工作，並向我提供「免費旅遊」的男子來找過我。他問我假期過得怎樣，我撒了謊，告訴他過得相當愉快，並衷心感謝他。

　「不！」他搖頭說，「是我們感謝你才對。」

　我認為他是跟我開玩笑，為什麼他要感謝我？為什麼說「我們」呢？我實在想不出原因。

　辦公室大樓的轉角處有一個大報攤，它出售世界各地的報紙。那裏並沒有帕勒莫的《時報》，不過報販說能在二十四小時內替我找到一份。

　第二天早上我果然拿到了報紙，那是我離開帕勒莫後第二天的報紙，頭版的半頁是一張神像從車上倒下來的照片。我把報紙拿到隔壁的意大利雪糕店，請在那裏工作的朱塞培

替我翻譯照片下面的文字。

「好的！」他説，「在帕勒莫聖羅莎麗亞節的戲劇性閉幕典禮上，神像的支架倒塌。神像沒有受損，卻造成一個男人死亡，另一個男人受輕傷的慘劇……」

「夠了。」我阻止他説下去。

「好，今天早上有巧克力雪糕，還有果仁的……」

我已經轉身離開了雪糕店。

回到辦公室時，我的秘書興奮地祝賀我。

「恭喜！」她説，「你為什麼不告訴我，你申請出任本部門主管的職位呢？」

「因為我根本沒有申請。」我説。

她説：「嗯，你桌上有一封信，寫着你會正式出任這個職位，好像有人對你做的事十分欣賞呢！」

完

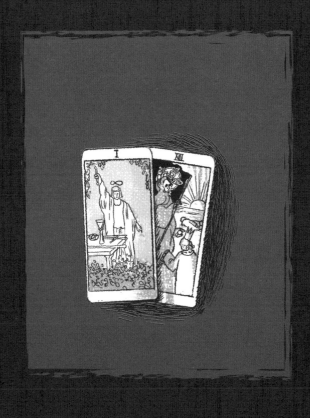

圈套

# 請先讀這頁

這個故事跟你過去看過的可能大不相同，**因為故事的發展全由你來決定**。這就像親身經歷一次冒險一樣，故事中發生的一切就發生在你身上。你得選擇下一步該怎樣做，結局也跟現實生活一樣，不可能總是愉快的，那就全靠你自己了。

故事中有很多險境，閱讀時你彷彿置身其中，你有很多機會決定之後怎麼辦。

一個占卜師警告你，說一個危險的圈套已經布置好，就等着你陷進去。你隨後遇上了一連串怪事，似乎都應驗了十六世紀一個女巫所寫的預言。這是超自然現象，抑或是有人跟你開惡毒的玩笑呢？這是占卜師跟其他人串通好了，還是你真的陷進致命的圈套之中？欲知答案，只要按照右頁的指示做去便可。

# 怎樣讀這本書

每一章都有一個黑色號碼，你用手指翻動一下書邊，就會找到這些號碼。

請從黑色號碼 **1** 的那頁開始閱讀，當你讀到這一章的末尾時，它會告訴你接着應該讀哪一章。故事中會有多次需要你自己做決定，選出下一步怎樣做。當你一直往下讀，便會看到那些不同的抉擇是什麼。你需要選好如何行動，然後按照你那個決定後面的號碼翻到那一章。

例如：我應該和查爾茲夫婦一起坐車回去 **10**，還是冒着被雨淋成落湯雞的風險，步行回去？ **4**

如果你決定坐車回去，便翻到第10章；如果你打算冒雨步行，便翻到第 4 章。

你必須揭開占卜師預言的秘密，又不陷入為你布置的圈套中，這次冒險才算成功。故事共有 4 個結局，請好好選擇你的未來。

現在，請翻到第 1 章。

起居室的大壁爐裏烈火熊熊，但儘管生着火，夏夜也温暖，但房間裏還是冷。寒風好像吹遍了坦普爾府的每個房間和每條通道，把起居室的十二枝蠟燭的火焰吹得閃爍不定。

「嗯，」彼得·迪爾登説，「你覺得怎麼樣？」

「如果你指的是鬼怪出現的氣氛，」我説，「那我的回答是『正好合適』。」

「關於鬼怪我不知道，但我覺得這位本森夫人會使你大吃一驚。我可以斷定，她不像之前那一位。」

彼得·迪爾登説的「之前那一位」是指梅茲夫人。梅茲夫人自稱能不觸摸物件，卻使它自己移動。她確實讓一些物件移動了——主要是迪爾登家的銀器。「周末靈學聚會」開到一半，它們和梅茲夫人一起失蹤了。

我和彼得·迪爾登爵士相識，是由於我們對超自然現象有共同興趣。我們倆都是倫敦「靈學研究會」的會員，彼得爵士定期在他鄉間的府邸舉行所謂「周末靈學聚會」。今夜，我和一些客人同被請來見識見識他的最新「發現」——本森夫人。

　　本森夫人很晚才來到，已經過了十一時，這時我們早就圍坐在起居室一張點了蠟燭的大桌子旁邊。其他幾位客人是約翰和蘇珊‧查爾茲夫婦、傑拉德和施維亞‧華特斯夫婦，這兩對夫婦都是彼得爵士的妹妹伊夫林小姐的朋友。伊夫林小姐也來參加聚會，使我感到有點奇怪。

　　彼得和伊夫林兄妹二人關係不太好。伊夫林小姐認為超自然現象全是胡說八道，只不過是騙錢的伎倆。她討厭坦普爾府，常稱它為透風的倉庫，覺得彼得買下只因為它是鬼屋。總而言之，她認為彼得由於這愚蠢的嗜好而在敗掉已經越來越少的家產。不過繼承父親遺產的既然是彼得，她也無可奈何。

　　本森夫人坐在桌子的一頭，慢慢地在面前鋪開一塊四方絲巾。**2**

本森夫人是一個中年婦人，個子小，臉色蒼白，有一頭長長的深色波浪鬈髮和一雙陰沉的灰眼睛。

「今天晚上我來試讀塔羅紙牌。」她對大家説。她用呆板的聲音説下去，先解釋一下這種紙牌的來歷。它發明於埃及，據説含有這文明古國最深奧神奇的秘密，後來由吉卜賽人傳入歐洲。有些用現代紙牌占卜的人還能解讀出紙牌上那些古怪圖畫的秘密，例如綑着雙腳倒吊在絞架上的人、拿着鐮刀的死神、傻瓜、變戲法的魔術師、命運之輪等等。

本森夫人洗勻紙牌，然後請彼得爵士切牌。她把紙牌在那四方絲巾上排列起來，圖樣向上面，開始解讀起這些紙牌來。

她開始講述彼得爵士的過去和未來，大部分她説的都可以事先了解清楚，餘下的部分便是靠猜的。伊夫林小姐也許説得不錯：本森夫人是來騙錢的。

對其他人她説得倒比較靈驗，但看來也沒有什麼「魔法」。最後，終於輪到占卜我的吉凶了。

我切過牌，看着本森夫人把紙牌排列好，等待她開口説

話。可是，她只是用陰沉的眼睛看着我。

「今天太晚了，」她説，「也許我們明天晚上再談吧。」

「有什麼事情不妥嗎？」我問道。

「這樣的紙牌太奇怪了，」她説，「我從來沒有見過。也許我太疲倦了，不知道能不能準確地解讀。如果你一定要我説的話，我就來説説看。」

彼得爵士一定要她説下去。

她先指指那張顛倒了的「塔」，它和「月亮」並列放在一起。

「一個圈套已經布置好，等着你陷進去，」她説，「我在這個圈套裏看到了危險。」

突然一陣狂風吹來，幾乎把所有蠟燭吹滅，只剩下一枝還亮着。**3**

**3**

　　彼得爵士站起來，打算重新點亮蠟燭，但本森夫人揮手叫他坐好。她的聲音變得更響，簡直是激動。

　　「你們看這張『力量』，還有這張『惡魔』。有一股強大的勢力和你作對，你將會碰到一些怪事。」

　　她説到這裏停了下來。

　　「請把危險告訴我吧。」我説。

　　「不行。我看到危險，但説不出那是什麼危險，或者它將怎樣降到你身上。」

　　「我能避開它嗎？」我問道。

　　「不能，看來你避不開它。不過你看這張叫做『魔術師』的牌吧，這是一張選擇牌。當你碰到危險時，你還有機會選擇怎樣行動。只要選對了，就可以脱險……」

　　她沒有把話説完，但我對塔羅牌還懂一點，我知道她正在盯着那張「死神」！

　　「我看到的就這些了。」她説。

　　臨睡前，我在圖書室門口對彼得爵士説「晚安」，他一臉對今夜非常滿意的樣子。忽然一陣風吹來，把門吹得撞向

後面的書架，一本書掉在地板上。我把它撿起來，望了一下剛好打開的那一頁。

「我希望書沒有掉壞。」我說。

「不要緊。」他從我手裏把書接過去，說，「這本書很罕有，但沒有多大價值。它是十六世紀一個伍登女巫的預言集。裏面盡是些莫名其妙的小詩。你讀的時候，隨便加上怎樣的想像都行。」

我還記得打開的那一頁首三行寫着什麼。

　　　凡有綠人大叫危險就別動，

　　　盡可能把這個警告記在心中：

　　　留神灰燼，它不是由火燒成的，

我還想多看些，但他已經把書放回書架上。

第二天是星期六，是個美麗的早晨。華特斯夫婦要去打高爾夫球，然後在俱樂部吃午飯。查爾茲夫婦要坐汽車去郊區兜風，再到飯館用餐。彼得爵士在寫信，沒有空。我不願和伊夫林小姐待在一起，我要麼是上高爾夫俱樂部 5 ，要麼是到郊區去。 7

我詢問了那個「綠人」，但沒有問到什麼消息，反而讓他以為我是個瘋子。

我一路走回來，渾身濕透，便直接回去樓上的房間洗澡和換衣服。下樓時，所有人都在起居室吃下午茶。圖書室的門開著，我一下子想到這是個好機會，可以溜進去仔細看昨晚從書架上掉下來的那本書。

那本書仍然放在我記得的地方，它就像許多古書一樣，最後幾頁是空白的，我看到的那一頁原來是印有文字的最後一頁。頁面上只有八行，我用一張彼得爵士家的便條紙把文字抄寫下來。

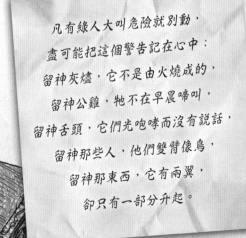

凡有綠人大叫危險就別動，
盡可能把這個警告記在心中：
留神灰燼，它不是由火燒成的，
留神公雞，牠不在早晨啼叫，
留神舌頭，它們光咆哮而沒有說話，
留神那些人，他們雙臂像鳥，
留神那東西，它有兩翼，
卻只有一部分升起。

　　我把書
放回去，到
起居室跟大家
一起吃茶點。
這真是神秘的一
天！彼得爵士告訴
大家，本森夫人不見
了。她沒有給誰留下一句話，她房間的牀根本沒有睡過的痕
跡，彼得爵士甚至不知道她是什麼時候離開。但跟梅茲夫人
不同，她什麼東西都沒有偷走。我們問：「最近的公共汽車
站離這裏有五公里，她拿着行李怎麼能走到那裏呢？」彼得
爵士一時回答不上來，而且我們沒有人看見本森夫人來，大
概她沒有帶行李吧。

　　我對這件事不覺可惜，昨夜我已經聽夠她的預言了！

　　下午把我淋得濕透的那場雨，一直到晚上還下個不停。
我們吃過晚飯後，玩了一會兒紙牌。但由於本森夫人不在，
大家覺得太無聊了，便很早回房間睡覺。6

坦普爾維克是個可愛又古老的村莊，有不少茅舍，還有一座美麗的羅曼式教堂。高爾夫球場在距離村莊約一公里的地方。

我高爾夫球打得不好，也沒有興趣看華特斯夫婦打球。我跟他們說要到教堂周圍散散步，然後沿坦普爾維克河走，穿過女修道院森林步行至高爾夫球場。一時會在俱樂部跟他們會合，一起吃午飯。

我離開教堂後，沿着河邊慢慢走，有時會停下來看棕色的鮭魚從明淨的河水蹦跳出來。過了一座石板橋，我就來到女修道院森林的邊緣。

這裏我來過一次，仍舊記得那條路能前往高爾夫俱樂部。

進入森林時，我有一種不安的感覺，好像有人在樹木之間窺視我。我好幾次停下來，環顧四周，但是除了小鳥的吱吱聲和遠處一隻綠色啄木鳥的篤篤聲外，就不見人影，也聽不到別的聲音。當我來到森林另一邊時，我看見高爾夫球場，但這裏不是我原本所想的地方，我看不到俱樂部。

我正打算步出森林，忽然有人大叫一聲。

「站着別動！一步也不要走！」

我站在原地，只見一個人匆匆忙忙向我跑來。

「幸虧我看見了你。」他上氣不接下氣地説，「我必須把警告牌豎起來。」

我問他究竟發生什麼事。

「由於這裏長滿蕨類植物，你看不見，」他説，「你面前一米有個舊井。它用木板蓋住，但是木板已經腐朽了。」

我感謝他使我免了一場倒霉的禍事，並問他怎麼前往俱樂部，還有認不認識我的朋友華特斯夫婦。

「俱樂部在那邊。」他指點着回答説，「我不認識華特斯夫婦，我是新來的，是高爾夫綠草地的新管理人。」**8**

6

雨滴滴答答敲打着窗戶的鉛條窗花，風在走廊裏呼呼地吹，還滋滋地鑽進門窗的縫，叫人很難入睡。我讀書讀到半夜，這時候雨停了，屋裏安靜了，我便關燈睡覺。

我睡了一會兒，醒來時月光照進窗戶，映照在我臉上。我決定起來拉上窗簾。

我的卧室在正門樓上的中央，從窗口可以清楚看到整條林蔭車道。樹在月光中看上去白花花的，在地上投下斑駁的影子。我看到車道旁邊的樹下有些動靜，大概是一隻在夜裏出沒的狐狸吧。

我站着看了一會，突然看見一個人影從樹上跳到車道，

然後竄到黑暗中。我不確定看到了什麼。樹木在風中搖曳，光和影在變幻，很容易使人看錯。可是，我又看到它了。

這一回絕對錯不了！那人影從樹木之間走出來，在車道上站着一動不動。離得太遠，我看不清這人是男或是女。穿的衣服或者是白色的，或者是顏色淡淡的。那可能是裙子，也可能是長袍。

我心生懷疑，它會不會是坦普爾府的鬼？我早聽説過坦普爾府鬧鬼，只奇怪怎麼剛才沒有想到這件事。

我看了幾分鐘，直到那人影又回到了樹木之間。我依舊在等，但它再沒有出現。

我在幾間鬼屋住過，但還是第一次看到可能是鬼的東西。那是鬼還是人？我決定去看個究竟！**12**

坦普爾府周圍的鄉村田野叫人賞心悅目。我們先停在離坦普爾府最近的一個村莊，叫坦普爾維克。村裏都是些古老茅舍，還有一座美麗的羅曼式教堂。我們參觀教堂了一遍，然後到教堂的庭園去散步，這裏因幾棵紫杉古樹而遠近聞名。蘇珊・查爾茲建議到下坦普爾的舊磨坊去喝咖啡，然後到基內頓堡的漁場買新鮮的鮭魚。

至此為止，旅行完全按照計劃進行。但到了中午，我們看一下地圖，發現差不多回到坦普爾府了。如果我們在外面的飯店吃午飯的話，最好在坦普爾府附近的飯店裏吃。

走了一公里便有一家飯店，我們都沒聽說過這家飯店，但它看去很吸引。查爾茲夫婦點了沙律，我則吃本店的特色餐，店主親自上菜。他把碟子放在桌上時說：「菜來了！一客『綠人特色餐』。」

「你說什麼？」我問道。

「一客『綠人特色餐』，」他再說一遍，「這家飯店叫『綠人飯店』。」

他轉身離開時，忽然大喝一聲：「當心你的頭！」只見

他的手臂從我眼前閃過，一轉眼我便看到他拿着一個酒壺，形狀是一個女巫頭像。

「好險，只差一點兒！」他哈哈大笑，「我不能再把它放在上面了。架子有點傾斜，酒壺老是滑下來，早晚會傷到誰的頭呢！」

如果我不是註定跟「綠人」有關係，女巫頭像早已砸下來了。

凡有綠人大叫危險就別動，真是太巧合了。我斷定那是彼得·迪爾登跟我開玩笑，那麼查爾茲夫婦說不定也有份，還有這「綠人飯店」的店主。

如果我想錯了，我可不願在查爾茲夫婦面前出醜。我可以找個藉口步行兩公里回坦普爾府，然後溜回來問問老闆到底是怎麼回事。不過這時候天色昏暗，看來快要下雨。我應該和查爾茲夫婦一起坐車回去 **10**，還是冒着被雨淋成落湯雞的危險，步行去跟這位「綠人」說幾句話？ **4**

**8**

我差不多到達俱樂部，忽然想起了一件事。我一直在想，遇見那個自稱「綠草地管理人」的人時，為什麼有一種奇怪的感覺呢？現在我知道了，那是昨天晚上在圖書室裏看到的女巫預言詩，第一行就是：

*凡有綠人大叫危險就別動，*

相當符合。不僅因為他是一個綠人——綠草地的管理人，而且剛才他確實提醒我有危險。伍登女巫必須是個先知，才能預言出剛才發生的事情。十六世紀沒有高爾夫綠草地的管理人，那時候甚至沒有高爾夫球場！

到俱樂部時，我又想起另一件事。我知道彼得·迪爾登這個人會出壞主意，真懷疑是不是他在作弄我。從本森夫人占卜，到那本預言集掉下來，會不會是預先布置好的呢？

華特斯夫婦已經在俱樂部裏面，我沒有把碰到那人的事說出來，他們也只是問我散步是否愉快。吃飯時，傑拉德·華特斯提到過本森夫人一次。他說他們在村莊裏過節時，有個人比她更會占卜，而這個人是牧師的妻子。當施維亞·華特斯說彼得爵士把錢花在本森夫人那種人身上，早晚會傾家

蕩產時，我想起伊夫林小姐過去也曾說過類似的話。

　　如果是彼得爵士作弄我，看來華特斯夫婦並未參與此事。否則，他們一定想知道計劃是否成功。參加計劃的人只可能是那個綠草地的管理人。回坦普爾府只有兩公里路程，我想找個藉口步行回去，找那人問幾個問題。

　　快吃完飯時，我看一看窗外。天空烏雲密布，看來快要下雨了。我應該和華特斯夫婦一起坐車回去 **10**，還是找個藉口，冒着被雨淋成落湯雞的危險，步行去跟這位「綠人」說幾句話？ **4**

　　我必須知道整個預言是怎樣的，要找個機會偷偷地溜進去圖書室。

　　下午沒有找到這個機會，卻又發生了一件神秘的事情。在起居室吃下午茶時，彼得爵士告訴大家，本森夫人不見了。她沒有給誰留下一句話，她房間的牀根本沒有睡過的痕跡，彼得爵士甚至不知道她是什麼時候離開。但跟梅茲夫人不同，她什麼東西都沒有偷走。我們問：「最近的公共汽車站離這裏有五公里，她拿着行李怎麼能走到那裏呢？」彼得爵士一時回答不上來，而且我們沒有人看見本森夫人來，大概她沒有帶行李吧。

　　這麼一來，晚上就沒有節目了，彼得爵士決定比預定時間晚一個小時吃晚餐。

　　這是我進圖書室的好機會。我儘快換好吃晚餐的衣服，比別人提早許多下樓。那本書仍然放在我記得的地方，它就像許多古書一樣，最後幾頁是空白的，我看到的那一頁原來是印有文字的最後一頁。頁面上只有八行，我用一張彼得爵士家的便條紙把文字抄寫下來。

> 凡有綠人大叫危險就別動，
> 盡可能把這個警告記在心中：
> 留神灰燼，它不是由火燒成的，
> 留神公雞，牠不在早晨啼叫，
> 留神舌頭，它們光咆哮而沒有說話，
> 留神那些人，他們雙臂像鳥，
> 留神那東西，它有兩翼，
> 卻只有一部分升起。

　　那天晚上，我在睡房裏再看了一遍。開頭可能是一個玩笑，但發展下去可能會要我的命。我不能讓預言裏的事情繼續發生！明天吃午飯時，我就得離開這裏。彼得·迪爾登好像在避開我，既然如此，我只好給他寫了一張措辭強硬的字條，告訴他我對他開那種愚蠢和危險的玩笑是怎麼想。把這種事情寫出來似乎有點愚蠢，但我還是把字條留下來了。

　　明天我必須到蘇格蘭的格拉斯哥開會，因此我要先回去倫敦的住所，然後到希斯路機場趕八點鐘的飛機。我開車回家時大霧瀰漫。我考慮是冒險坐飛機去格拉斯哥 11，還是不去。 13

謝天謝地我沒有步行回去。

我們剛開車，就開始下雨了。這是一場暴雨，擋風玻璃上的水撥都來不及撥開雨水，很難看清外面的事物。

我雖然坐在汽車前座，但完全看不見是否駛過了通向坦普爾府車道的院門。我懷疑司機也是一樣，才狠狠地煞車。

我們在濕滑的路面上滑行，突然一個急彎轉向院門駛去，險些撞上左邊的門柱，但汽車還是不受控制。我不太擔心汽車滑出車道，只擔心撞到兩旁的樹上去！

幸好車道是輕微上坡的，車輪終於煞住，停下來了。汽車跟一棵樹只相距幾厘米，但什麼都沒損毀，我們也沒有受傷。返回車道本來是很簡單的事情，但由於這是上坡道，地面又濕滑，車輪陷在泥裏了。我主動下去，幫忙推車。

汽車正要動時，忽然聽到頭頂上木頭嘎嘎折裂的聲音。我匆匆離開，貼着樹幹趴下來。一根大樹枝啪答落在我和汽車之間，把我濺了一身污水、木屑和樹葉。

我們讓汽車留在那裏，步行回家。我們都走在車道中央，盡量離開樹木遠遠的。

彼得爵士對這件事很抱歉。雖然他知道那些樹都很老了，但還是覺得奇怪。

「當然，」他説，「我沒想到那些白蠟樹這樣危險。」

我也沒有想到這些樹是白蠟樹！

凡有綠人大叫危險就別動，

盡可能把這個警告記在心中：

留神灰燼，它不是由火燒成的，

第二個預言應驗了！這裏的「灰燼」並不是真的指灰燼，而是指白蠟樹*！**9**

*英文ash有「灰燼」和「白蠟樹」兩個意思。

　　我駕車前往希斯路機場時，霧越來越大。在汽車上聽到天氣廣播，全國有好幾個地方都因大霧出現問題。

　　到達希斯路機場時，我覺得有點奇怪。開往格拉斯哥的飛機竟然照樣起飛，只是晚了幾分鐘才滑行到跑道上。我聽到飛機起飛時噴射引擎發出的隆隆聲，感覺到機尾升起來了。但一下子引擎聲又減弱了，飛機像是跳了一下，又重新落在跑道上。機艙廣播器響起機師的聲音，説指揮塔剛發出通知，格拉斯哥機場因大霧而暫時關閉，這班飛機要停駛了。幾分鐘後，我回到了客運大樓。

　　沒有辦法前往格拉斯哥開會，於是我動身回家。由於霧很大，我只好慢慢地駕車回倫敦。

　　我下車時，幾乎被一輛從後面駛過來的灰色客貨車撞倒，客貨車左邊擋泥板有一個大凹坑。它只差一厘米就要撞倒我，真想不到還有什麼人會像我這麼幸運！當我回到住所打開門鎖時，碰到了些麻煩。門鎖十分難開，我懷疑有人曾經想闖進屋裏而強行打開過。我進屋後馬上把整個住所看了一下，但似乎什麼東西都沒有動過，大概是我胡思亂想吧。

不過，我的電動打字機摸上去還有點微溫，而我在周末後確實沒有使用過。

這個周末發生的事依然使我神經緊張，我甚至認為飛機沒有起飛正好應驗了預言的最後兩行。

*留神那東西，它有兩翼，*

*卻只有一部分升起。*

接下來幾天，我無論如何也無法忘掉那幾句預言或本森夫人的警告，甚至為此失眠。我也沒有收到彼得·迪爾登對我留下那張字條的回覆。

到了星期四晚上，我知道非做以下其中一件事情不可了：向彼得·迪爾登問個明白 **15**，或是盡力徹底忘掉一切。 **17**

我在睡衣上披上足夠的衣服禦寒。下樓時木板嘎嘎作響，但到了前門卻沒有半點聲音。我關上門，走出了房子。

車道上沒有人，我順着車道一旁，在樹影裏慢慢地走去。如果那隻「鬼」有血有肉，我可不想讓它太快看見我。

我走到半路，那人影又出現了，就在我前面三十米。它穿着白長袍，從樹木間出來，很快穿過車道，消失在對面的樹木裏。我追上去，只是幾秒鐘我就來到那人影消失的地方。前面是一大片空草地，我可以看得出到處沒有人，在這裏任何人都無處躲藏！

我站在那裏，忽然聽到頭頂上樹木嘎嘎折裂的聲音，我馬上貼着最近的一棵樹趴下來。這時，一根大樹枝啪答落到我腳邊，樹葉和枝條在我臉上擦過。

我早已把那隻「鬼」忘記。回到臥室時，我渾身還在發抖。嚇到我的不光是那根掉落下來的大樹枝，而是我猛然想起那棵是白蠟樹！

凡有綠人大叫危險就別動，
盡可能把這個警告記在心中：
留神灰燼，它不是由火燒成的，

　　第二個預言應驗了！這裏的「灰燼」並不是真的指灰燼，而是指白蠟樹＊——這幾乎要了我的命！如果這是一個玩笑，那就一點都不好笑了！

　　第二天早上，彼得‧迪爾登好像在避開我。我必須在午飯時間離開這裏，又不想讓他以為做了壞事也沒人察覺，便給他寫了一張措辭強硬的字條，告訴他我對他開那種愚蠢和危險的玩笑是怎麼想。把這種事情寫出來似乎有點愚蠢，但我還是把字條留下來了。

　　明天我必須到蘇格蘭的格拉斯哥開會，因此我要先回去倫敦的住所，然後到希斯路機場趕八點鐘的飛機。我開車回家時大霧瀰漫。我考慮是冒險坐飛機去格拉斯哥 11，還是不去。 13

＊英文ash有「灰燼」和「白蠟樹」兩個意思。

13

　　我到家時霧很大。在汽車上聽到天氣廣播，全國有好幾個地方都因大霧出現問題。看來我沒有辦法去格拉斯哥參加上午九點鐘的會議，只好去信道歉。

　　我還有一個問題，就是還未吃飯！我本打算在機場吃的，但實在不願意再在霧中駕車，因此到了離家僅兩三條街的一家意大利餐廳吃飯。

　　飯後我步行回家，看見一個人從公寓大門跑出來。這道大門除了通往我的住所外，還有五戶人家，我無法斷定他是從哪一家跑出來。他在霧中消失不見，幾秒鐘後傳來汽車發動的聲音。一輛灰色客貨車從我身邊駛過，我看到貨車其中一邊的前擋泥板上撞了一個大凹坑。

　　當我用鑰匙打開門鎖時，我發現這次特別難開。我實在很懷疑是不是有人曾想闖進屋裏，而強行打開過。我進屋後馬上把整個住所看了一下，但似乎什麼東西都沒有動過。唯一叫人奇怪的是，我的電動打字機還有點微溫……不過這也許只是我的想像。

　　我打開收音機，有消息指從希斯路機場飛往格拉斯哥的

飛機剛要起飛，卻停下來了。我沒有前去希斯路機場本該高興，但馬上想起女巫的最後兩行預言：

　　*留神那東西，它有兩翼，*

　　*卻只有一部分升起。*

　　我心裏安慰自己，只是胡思亂想。可是往後幾天，我仍然忘不掉本森夫人或女巫的預言，甚至為此失眠。

　　到了星期四晚上，我知道非做以下其中一件事情不可了：向彼得・迪爾登問個明白 **15**，或是盡力徹底忘掉一切。**17**

火蔓延開來，煙越來越大。我禁不住在想，這回我已經無法活着出去了。就在這時，我聽到門外傳來乒乒乓乓的敲門聲和大叫大喊聲。我穿過濃煙，咳得唾沫四濺，搖搖晃晃地走過去門那邊，也不知道自己走到哪裏。

我看見門敞開了，有人一把抓住我的手臂，把我拉到外面。吸了幾分鐘新鮮空氣，我開始復原。

「算你好運，」把我拉出來的人説，「要不是今天早上修剪樹木時遺下了一些工具，我們早就回家去了。不然，你肯定會在這裏給烤焦呢。」

我回頭一看，這時温室的屋頂已經燒掉，火和煙直衝天空。大概周圍幾公里都能看見，因此有警車沿着車道駛來我也不覺奇怪。

警察問了我一大堆問題。我不用多説，只需説明我是彼得·迪爾登爵士的朋友，來温室找園丁，卻被反鎖在這裏，遇上了這場火。

警察們走過去檢查温室還留下了什麼，然後拿着一個空汽油罐回來。

「我猜這是割草機的燃料，」他説，「但它留在一個奇怪的地方，放在温室外面。温室本來是不容易發生火警，因為這些熱帶植物要一直保持濕度。真奇怪，園丁並沒有回來。」

他向把我拉出來的人轉過臉去，問道：「門是鎖着的吧？」

那人遲疑了一下才説：「我説不準，也許只是比較難開罷了。」

我看得出警察認為這不是失火，而是我縱火。我在當地警察局裏説明經過後，他們讓我離開了。我立即動身回家，看來坦普爾府和坦普爾維克都是到不得的危險地方！ **16**

# 15

　　星期五早上我要到牛津去。在那裏辦的事情不用耽擱很久，到坦普爾府去只剩一半多一點的路程，可以去探訪彼得·迪爾登。我看得出他無意回答我的字條，又不想讓他有藉口説在電話裏不方便談話。

　　當我駛進坦普爾府的院門時，停在車道上的一輛卡車擋住了去路。有兩個人忙着把鋸下來的樹枝搬到車上，其中一人問我是否要駛進去，我回答是的。他説很快就搬好，不過這一家人出門了，進去也不會找到人。

　　我問他在搬什麼樹枝。

　　「樹很老了，」他回答説，「有些樹枝早該鋸掉，看來像是有人曾經試過。今天風很大，我們在這裏就更危險了。」

　　我問他「有人曾經試過」是什麼意思。

　　「有一些樹枝鋸了一半便沒有鋸下去，那人一定是半途而廢。」他説，「沒有好的鋸子可不容易啊！

　　如果有人把樹枝鋸了一半，那麼周末的「事故」就比較容易解釋了。可惜還是證實不了什麼，也可能是事故發生之

後才鋸的。

　　卡車現在準備離開，我也差不多是時候做決定。既然找不到彼得爵士，何不再走一遍星期六早上到坦普爾維克的旅程？如能找到一點線索，就可以證明那些怪事是有人悉心策劃，與女巫和占卜無關。

　　我正要上車時，忽然看見前面遠遠有人穿過車道。雖然府邸裏有人，但也許只是園丁。我該去看看他是誰嗎？ 18
還是出發前往坦普爾維克呢？ 20

我一路小心地駕車回家，實在不願意再被任何警察攔住！坦普爾維克的警察局已經認定是我縱火，當然不是我縱火，但警察倒有一個看法是對的，這不是失火！

我不斷查看車上的倒後鏡，要確定沒有車跟着我。幸好後面的路上一直是空空的。

我已經過了牛津，正沿着有中央分隔帶的雙線行車公路，向倫敦開去。突然，我看見一輛賓利牌的名貴汽車從後面很快地駛過來。我本來不會特別注意它，但它的一邊擋泥板上飄揚着一面四方或三角旗子，使我留心起來。我懷疑車裏是不是坐着某位名人或重要人物，在它超車時我就可以看個清楚。

儘管有足夠空間超車，它卻沒有這樣做。當我再看倒後鏡時，它緊跟着我，好像跟定了一樣。由於陽光映照着那輛車的擋風玻璃，產生反光，我看不見司機的臉。可是那面三角旗子，我看得一清二楚。旗子上面是一個盾牌，有兩隻鷹。我記得曾經看見過這個盾形紋章。

我從口袋裏掏出一張便條紙，那是在彼得爵士家的圖書

室裏抄下來的女巫預言。我看了便條紙一眼就馬上明白了，這個是迪爾登家族的盾形紋章。

彼得‧迪爾登經常駕小汽車外出，所以我忘了他也有一輛賓利牌汽車。駕車的人一定是彼得‧迪爾登，他認出了我，才跟在我後面。

我正考慮是招手，按喇叭，還是慢慢停車時，那輛汽車卻狠狠地向我的車尾一撞。我使勁地操控着車，不讓它衝向公路旁的草地。那輛汽車再一次撞來，把我的汽車撞得向着中央分隔帶衝過去。

雖然無法跟那輛賓利牌汽車鬥快，但我可以轉彎擺脫它。我記得前面有一個迴旋處，迴旋處上至少有兩條小路通到其他地方。我不如來個急轉彎，駛到其中一條小路，使他措手不及 **22**，或者利用迴旋處繞一個大圈，轉到那輛賓利牌汽車後面。 **24**

星期五早上我要去牛津。我有點空閒時間，可以去參觀牛津大學圖書館。從圖書館出來時，我看見一個人站在前門，像是在等什麼人。我覺得這個人有點眼熟，但由於他戴着墨鏡，我看不清他的臉。

他忽然轉過身來，看見了我。他顯然是嚇了一跳，然後趕緊走過馬路。我看見他跳上一輛灰色客貨車，這貨車的前擋泥板有一個大凹坑。

我的汽車雖然停在不遠處，可是要追他是辦不到了。牛津中部的交通很擠塞，我慶幸自己終於離開市中心。我最不想看到的，就是前面那輛灰色客貨車。而那人最不想看到的，大概也是我在他後面，因為他好像要躲開我。

儘管我決定忘掉之前那些神秘的事情，但我還是拿定主意跟蹤那輛灰色客貨車，至少我要知道它打算到哪裏去。

它走上前往伍德斯托克的路，看來不是去倫敦。如果我要到坦普爾府，也會走這條路。跟着這輛客貨車，不讓它離開我視線範圍並不困難。不知道跟了多久，最後我發覺已經靠近坦普爾府了。

　　這條路前方有個大轉彎，再向前走一會就是坦普爾府的院門。我拐過彎來又看見那輛客貨車，它剛到達院門，就有一輛裝着樹枝的卡車衝出來。為了避開客貨車，卡車急急轉彎，把整條路堵住了。我使勁地煞車，避開卡車，駛到路邊的草地上去。卡車上裝着的是剛鋸下來的白蠟樹，我再一次因這些樹鬧出麻煩。

　　到那卡車離開，我駛回路上時，那輛客貨車已經不見了。它可能是轉入坦普爾府的車道 **18**，也可能是繼續向前，到坦普爾維克去了。**20** 我必須在兩者當中決定去向。

# 18

我駕車來到坦普爾府。那裏看不到汽車,前門看上去也像鎖上了。我按了按門鈴,沒有人來應門。我考慮要不要找園丁來問問,他也許知道這家人什麼時候回來。這時候,我看見有些東西在樹木間一閃。原來是温室頂上的風向標給大風吹得飛快地旋轉,把陽光反射出來。

温室離房子不遠,空間很大,也裝飾得很漂亮,裏面種滿了棕櫚樹和各種熱帶植物。這地方需要園丁悉心照料,他可能待在裏面。

我走到那裏,經過保持室內温度的雙重門走進去。我什麼人都沒有看到,不過裏面的樹木茂密得可以藏起一支軍隊。我大叫,沒有人回應。我走到另一頭,又叫了一遍,看來這裏沒有人。我返回雙重門那兒,但它現在打不開了!一定是有人趁我在另一頭時把門鎖上!

恐慌是沒有用的。温室的四面八方全是玻璃,只有屋頂開着窗,下半部分全用鐵柵在外面圍住。我覺得這裏明顯地越來越熱,朝上面的玻璃圓頂一看,那裏濃煙滾滾!

我跑到温室另一頭,發現幾米長的木架燒起來了,一些

植物也開始燃燒。地上有幾根軟水管，我打開所有能找到的水龍頭，卻沒有水流出來。我聽到玻璃熱得裂開的響聲，然後卡嚓一聲，一塊玻璃破了。風吹進這個破洞，煽起植物上的火焰，熊熊烈火咆哮着向屋頂竄去。

透過濃煙和火舌，我看到頭頂上旋轉着的風向標。風向標又叫做「風向雞」，於是我一下子想起了兩行預言！

*留神公雞，牠不在早晨啼叫，*

*留神舌頭，它們光咆哮而沒有說話，* 14

我一路小心地駕車回家，實在不願意再被任何警察攔住！坦普爾維克的警察局已經認定我是一個瘋子，不僅搖教堂的大鐘，還爬到尖塔上去！

雖然我不斷查看車上的倒後鏡，但我不希望在鏡中看到那輛灰色客貨車。幸好後面的路上一直是空空的。

我已經過了牛津，正沿着有中央分隔帶的雙線行車公路，向倫敦開去。突然，我看見一輛賓利牌的名貴汽車從後面很快地駛過來。我本來不會特別注意它，但它的一邊擋泥板上飄揚着一面四方或三角旗子，使我留心起來。我懷疑車裏是不是坐着某位名人或重要人物，在它超車時我就可以看個清楚。

儘管有足夠空間超車，它卻沒有這樣做。當我再看倒後鏡時，它緊跟着我，好像跟定了一樣。由於陽光映照着那輛車的擋風玻璃，產生反光，我看不見司機的臉。可是那面三角旗子，我看得一清二楚。旗子上面是一個盾牌，有兩隻鷹。我記得曾經看見過這個盾形紋章。

我從口袋裏掏出一張便條紙，那是在彼得爵士家的圖書

室裏抄下來的女巫預言。我看了便條紙一眼就馬上明白了，這個是迪爾登家族的盾形紋章。

彼得・迪爾登經常駕小汽車外出，所以我忘了他也有一輛賓利牌汽車。駕車的人一定是彼得・迪爾登，他認出了我，才跟在我後面。

我正考慮是招手，按喇叭，還是慢慢停車時，那輛汽車卻狠狠地向我的車尾一撞。我使勁地操控着車，不讓它衝向公路旁的草地。那輛汽車再一次撞來，把我的汽車撞得向着中央分隔帶衝過去。

雖然無法跟那輛賓利牌汽車鬥快，但我可以轉彎擺脫它。我記得前面有一個迴旋處，迴旋處上至少有兩條小路通到其他地方。我不如來個急轉彎，駛到其中一條小路，使他措手不及 22，或者利用迴旋處繞一個大圈，轉到那輛賓利牌汽車後面。 24

坦普爾維克教堂外，停着那輛擋泥板上有凹坑的灰色客貨車。我把汽車停泊在它後面稍遠一點的位置。

教堂位於村莊邊緣，旁邊什麼都沒有，連牧師的住宅也跟這裏相隔一段距離。不管到教堂庭園或是進入教堂，都只能把汽車停在教堂外面。我穿過古老的紫杉樹，走到教堂大門口。

大門開着，我走近時聽到傳來踏在石地板上的腳步聲。教堂裏面有一扇門打開了，我可以透過門口一直望向通道。我走到祭壇，試試打開祭衣室的門，但它鎖着。如果有人走進這扇門，我該聽見關門的聲音。教堂裏好像空無一人，但我可以肯定，不一會前曾經有人在這裏。

我回到教堂大門口，打算離開。這時，我注意到牆上裝有一座鐵梯，梯頂上有一扇活門。它一定是登上尖塔和鐘樓的門，能偷偷溜走的地方只有那裏。

我開始爬梯子。

上面那個房間也是空的，只有一些搖鐘的繩子從天花板垂下來。第二道梯子沿着牆通往第二扇活門，這扇門也開

着。我又爬梯子上去，頭和肩部露出了門洞。我想得沒錯，果然是鐘樓。我確信聽到過腳步聲，不過這裏看來並沒有人。由於掛着鐘，我看不到整個鐘樓。我聳身上去，繞着掛鐘的粗重木架走了一圈。一個人影都沒有，於是我很快回到活門那裏，然而門已經關上了。我拉它，但它紋風不動，看來是在另一邊給拴上了。

　　我用拳頭敲門，高聲呼喊，但敲門聲和叫聲忽然全被掩蓋。有人開始搖動兩個最大的鐘！我聽説過人們用「使人頭痛欲裂」來形容噪音，現在我終於親身領會到了！我頭痛得要尖叫起來。21

21

　　我要出去！鐘樓尖塔四周有四扇百葉窗，其中肯定有一個能通到環繞尖塔的圍欄上。

　　第一扇窗打不開，我再試開另一扇窗便打開了。我鑽出去看看，圍欄正好在我下面，但離開好幾十厘米，也沒有東西可以抓住。如果跳下去，很可能沒跳到圍欄上去，卻直墮地面。我抬頭向上看，窗簷從塔壁延伸，空間足夠讓人站立。

　　我已經待不下去，這裏的噪音跟待在鐘樓裏面同樣叫人受不了。於是我掙扎着爬到窗簷上，貼着塔壁趴下來，免得被狂風吹倒。我看到尖塔頂上那隻「風向雞」，於是記起了兩行預言：

　　　*留神公雞，牠不在早晨啼叫，*

　　　*留神舌頭，它們光咆哮而沒有說話，*

　　大鐘那「咆哮的舌頭」毫無預警地停下來，跟開始響起時同樣突然。我朝下看，地面上有一個像是牧師的人向教堂走過來，跟他一起的顯然是一個警察。我眼看着那輛灰色客貨車從他們身邊駛過，離開了村莊。

我好不容易才從窗簷爬下來,當我穿過窗戶爬進鐘樓時,警察不太客氣地伸出手幫忙。

我不能把整件事情如實説出來,因為我知道沒有人會相信。我裝作本想到塔上看風景,沒想到反鎖在內,還有人搖起鐘來。

我可以看出警察完全不相信我説的話。我沒辦法證明有其他人曾經在這裏,而且警察上來時活門並沒有拴上。更糟糕的是,他們在鐘聲停止了才看見我在塔上,説不定會認為搖鐘的其實是我自己。

在當地警察局裏錄取口供後,他們最後讓我離開了。看來在坦普爾府和坦普爾維克待下去都很危險! **19**

## 22

　　我斷定我的汽車急轉彎的話，會比那輛賓利牌汽車更靈活，甚至可能加速得更快。我現在就要試試看。當我們來到迴旋處時，我狠狠地踩油門腳踏。我的汽車發出刺耳的聲音進入迴旋處，拉開了彼此的距離。快到第一條小路了，我用力向左急煞車，車尾馬上轉過來。我把方向盤向右轉，車輪一穩住，便拐過彎來飛快地向前衝。我聽到後面那輛賓利牌汽車急急煞車，然後在倒後鏡裏看到它已經駛過了轉彎處，得在迴旋處繞個大圈子重新回來小路的出口。到時候，我已走掉好幾秒了。

　　這條小路正是我希望的那樣，既狹窄又彎曲。這樣下去只需要幾公里，我就能擺脫那輛追着我的汽車。

　　可惜不到兩公里，我的運氣就完了，接下來是一條長長的直路。我沿着這條筆直的路走了一半，又在倒後鏡裏看見那輛賓利牌汽車，它已經追上來了。

　　這條路的盡頭有個向左的急彎，拐彎處有一道通往田野的門。這道攔着路的門打開了，門的寬度大概剛好能讓我的汽車通過，而我發現那輛賓利牌汽車比我的汽車寬一點。

　　賓利牌汽車依然緊追不捨，當我到達拐彎處時，它和我只相隔幾米。我向着門駛過去，擦過右邊門柱。我聽到我的汽車側鏡擦掉的聲音，下一秒便是金屬的噹啷聲！

　　我的汽車蹦蹦跳跳地穿過田野，那輛賓利牌汽車則緊緊夾在兩根門柱之間，它的汽車前罩飛彈起來，擋泥板像紙張那樣破了。雖說我已經「脫離險境」，但我還未脫離田野！這一回算是我夠運氣。田野的另一道門把我帶到農場的路上，大約走了一公里，又回到了我之前離開的公路。

　　兩小時後我返回住所，我沒有忽略那輛賓利牌汽車上的紋章，那兩隻鷹的盾形紋章正好符合下一行預言。

　　　　*留神那些人，他們雙臂像鳥，*

　　這裏的「雙臂」並不是真的指手臂，而是代表一個家族的盾形紋章*。**25**

---

*英文arm可以解手臂，coat of arms則指一個家族或團體的盾形紋章。

23

　　我看到那輛賓利牌汽車繼續向前駛，但有點不對！我猜測它煞車時漏油，地上的油漬使汽車失去了控制。它消失在一個拐彎處，但我聽到輪胎的嘰嘰聲，接下來是轟的一聲巨響。樹木上空立即冒出一團火，還有陣陣黑煙。

　　我正打算穿過中央分隔帶，駛回那一邊的行車路。這時我聽到警車的汽笛聲，於是改變了主意。我返回迴旋處，再循原路回來。

　　我回到那輛賓利牌汽車時，這裏已經燒得烈火熊熊。兩輛警車停在旁邊，警察揮手叫我繞開火堆。我在這裏無能為力，還是離開比較好。

　　我為這件事傷腦筋了二十四小時，考慮是不是要到警察局報案。這次車禍全不能怪我，但若把整件事情如實說出來，卻無法加以證明。

　　我留意報紙上有關這場車禍的報道，消息在兩天後刊登出來，上面的內容完全出乎我意料之外！

　　報紙上寫着彼得·迪爾登爵士死於車禍，因他駕駛的賓利牌汽車失去控制，衝出路面。雖然屍體燒得難以辨認，但

彼得・迪爾登的妹妹伊夫林小姐根據他身上沒有被燒掉的東西，證實這的確是他的屍體。

我明知道不是他，但我無法證明。

伊夫林小姐繼承了迪爾登家族的財產，賣掉坦普爾府後就搬走了，我相信她搬到了法國南部去。我沒有忽略這一事實：賓利牌汽車那面三角旗上有盾形紋章，還有兩隻鷹，正好符合預言其中一行。

*留神那些人，他們雙臂像鳥，*

這裏的「雙臂」並不是真的指手臂，而是代表一個家族的盾形紋章\*。一如彼得・迪爾登之「死」，這個預言和為什麼有人要使它成為事實，始終是一個謎。至於本森夫人預言的危險圈套，我有時會想，是不是彼得・迪爾登代替我陷進去了。

完

---

\*英文arm可以解手臂，coat of arms則指一個家族或團體的盾形紋章。

24

　　我斷定我的汽車急轉彎的話，會比那輛賓利牌汽車更靈活，甚至可能加速得更快。我現在就要試試看。

　　我狠狠地踩油門腳踏，汽車飛速向前，拉開了彼此的距離。駛過迴旋處時車速太快，車輪打滑，轉彎真不容易。

　　那輛賓利牌汽車依然在我後面，我鬆開腳踏，裝作我要駛到迴旋處另一邊的大路上去。我等着那輛賓利牌汽車上當，然後我把方向盤向右轉，車尾馬上轉過來。車輪一穩住，我就重新沿着迴旋處繞圈。那輛賓利牌汽車重得多，來不及照樣做，只好順着大路前進。幾秒鐘後，我又從迴旋處進入大路，跟在它後面。

　　我不想像那輛賓利牌汽車對付我那樣報復。即使想，我也做不到。這樣只會把車頭撞壞，而它則安然無恙，連凹坑也沒有。但那司機也許以為我打算撞它，開始拉開距離。我緊跟着，只想好好看一看，到底是誰在駕車。

　　叫我奇怪的是我竟然追上了它，還清楚看到司機的背影，那人並不是彼得‧迪爾登。兩人個子倒是差不多，但彼得‧迪爾登有一頭金頭。這人的頭髮卻是黑色的，而且後

面禿了。我再靠近一點，從倒後鏡裏看到他的臉，那分明是「綠人」！

接着，那輛賓利牌的煞車燈亮起來。現在我終於明白，為什麼能夠趕上它。他希望我撞向他的車尾，而且成功機會甚大！

我拚命狠狠煞車，但我知道不能及時停住。那輛賓利牌汽車攔在路中央，我不可能越過它。我看看雙線行車公路那邊，另一條行車道上沒有車。我把車衝向中央分隔帶，撞壞了幾米圍籬。我的汽車穿過另一條行車道，在路邊的草地上停住了。**23**

## 25

發生在我身上的事足以把我嚇壞，但我太生氣，竟然忘記了驚慌。我坐下來給彼得‧迪爾登寫了一封長長的信，告訴他我對他開那種愚蠢和危險的玩笑是怎麼想。我不知道預言是否就此告終。如果我把希斯路機場的飛機未能起飛計算在內，最後兩行的確已經應驗，也許一切告終了。

*留神那東西，它有兩翼，*

*卻只有一部分升起。*

萬一不是這樣呢？我警告他如果再發生什麼事情，我就會採取行動，使他為此後悔。

我這個威脅不過說說而已。我可以去警察局報案，但我有什麼證據呢？那「綠人」可能只是巧合，樹枝掉落可能是意外。至於我在接下來的一個周末回坦普爾府去的事，警察局認為全是我的錯。追車事件也沒有證人。

當我知道是誰作弄我之後，這個玩笑再開下去也沒有意思。本森夫人一定是受指使說出那番話，但她說過有個危險的圈套。危險我領略過了，但圈套又是什麼呢？

我曾想找本森夫人，但只知道她住在白禮頓。我也曾

懷疑過「伍登女巫」，不知道是否真有其人，預言集是否虛構。那本書和那些預言都是為了對付我，才編造出來的吧。如果真的有這本書，我應該可以在大英博物館找到。

我決定從白禮頓着手追查，首先是查電話簿。上面有幾十個本森，但沒有「本森夫人」。我又去公共圖書館詢問，他們只是用奇怪的目光看看我，告訴我他們沒有占卜師的名單。我買了一份《白禮頓信使周報》，心想可能會有她登的廣告，可是什麼都沒有。這個上午，我做了所有能想到的事情。

現在還來得及在大英博物館閉館前趕回倫敦，不過這值得我去嗎？ **31** 既然已經想不出別的辦法，我還應該繼續尋找本森夫人嗎？ **27**

26

　　我找到上十家很有可能修理那輛賓利牌汽車的汽車行，還有幾家也不是不可能的汽車行。我得從什麼地方開始呢？看來最好從意外地點附近的地區開始。如果是送到最近的汽車行，可以問的只有兩家。

　　我打電話到第一家，他們對我説的事顯然一無所知。第二家接電話的是一個年輕人，他説得去問問老闆。雖然他放下了話筒，但我還是聽到那邊在説什麼。他叫道：「有人打電話來問那輛賓利牌汽車，就是我們換上新的前擋泥板那一輛。」找對地方了！現在我得趕快想出一個藉口來回答。

　　老闆過來接電話，我表示我是迪爾登爵士的秘書，想問問汽車什麼時候能修好。

　　「已經修好了。」老闆回答説。

　　我聽到翻紙張的沙沙聲。

　　「有了，『二十五日交車。』」他停下來，然後説，「不就是今天嗎？七時半前汽車會送到。」

　　「可以再核對一下送去的地方嗎？」我問。

　　「可以，」他回答説，「倫敦奧賽羅劇院。」

　　我不能問哪一家奧賽羅劇院，於是我查了倫敦所有劇院，但沒有一家叫奧賽羅。接着我想到在布盧姆斯伯里有一家劇院叫這個名字，不過它已經關閉了好幾年。

　　我不知道是不是得到了有用的線索，但我還是在一張便條紙上記下：

> 奧賽羅劇院，*25日*，*7:30*。

　　我剛把便條紙放在電話旁邊，就有人按門鈴。我的一位鄰居站在門外，拿着一個顯然很重的紙箱。原來我不在家時，有人把紙箱留下來，請他交給我。

　　我實在想不出什麼人會送東西給我，但我還是把它搬進客廳，放在地板上。**30**

**27**

　　海邊地區的紀念品商店、酒吧和雜耍場之間有幾間占卜館，我已經到過那裏去。我找到了一個叫羅斯·李的「正牌」吉卜賽人，一個斯特拉公主和一個希金斯夫人，但沒有找到本森夫人。我本來就不認為會在這裏找到她，但我想占卜師可能相互認識。

　　希金斯夫人剛從拉姆斯蓋特搬來白禮頓，跟其他人不熟。羅斯·李勸我光顧她，用水晶球來找本森夫人，收費不會很高。我在斯特拉公主那裏倒打聽到些消息。

　　「對，我認識弗洛倫斯·本森。」她説，「我和她一起在黑池加入占卜這個行業，不過那是許多年以前的事情了。」

　　「你知道她現在在什麼地方嗎？」我問道。

　　「仍舊在白禮頓，」她回答説，「我猜是在公園北邊的那些大樓裏，但我説不準。你知道她在這行業裏混得很好，她的客人都是上等人。」

　　我需要知道的，斯特拉公主都告訴我了。我離開時她再説了兩句：「我告訴你吧，弗洛倫斯·本森是靈驗的。如果

她告訴你要發生什麼事情,你就得小心。全會發生的!」

　　我翻查電話簿,北圓景街有一位弗洛倫斯·本森。我找到她家,但沒有人應門。我打算問問附近幾戶人家,那裏都沒有人。我正想離開,突然看見一個人走進院門。

　　我問他是不是住在這裏,他說是的,但搬來還不久。我指着弗洛倫斯·本森夫人的房子,問他認不認識住在這裏的人,他表示只見過面一兩次。我請他描述一下那人的樣子,雖然他描述得不太好,但說的跟到訪坦普爾府的那個女人很相似。

　　那一天我沒有別的事情要做,這時上大英博物館可能仍來得及,我應該去嗎? **31** 還是先回家,明天再到博物館去呢? **29**

## 28

當我走到小巷口時，那輛灰色客貨車已經離開了。我剛穿過大街，後面就響起爆炸和玻璃噼哩啪啦破碎的聲音。我回頭望去，看見遍地都是碎玻璃和木片，一條橘紅色的火舌從劇院頂部的窟窿直衝出來。

我還未弄明白出了什麼事，就聽到警車的警號聲。我認為在警車到達前先到別的地方去比較好，便回到我的汽車裏。我聽到消防車來了，還看見屋頂上空濃煙密布。我猜那裏大概已擠了一大堆途人，於是我也回去趁熱鬧。正好看見從劇院裏抬出一個人，送到在外面等候的救護車。

我站在一輛警車和兩個警察附近，一個警官走過來跟他們說話，我聽到他們說了些什麼。

「那個被殺的人是誰？」警官問道。

「彼得．迪爾登爵士，他給炸彈炸死了。」一個警察回答，「迪爾登爵士的汽車停泊在街上，這些東西是從車裏找到的。誰是兇手看來相當明顯。

我認出那是我給彼得．迪爾登寫的字條和信，還有另一張我不曾見過的紙。我不知道那張紙上寫了什麼，但我忽

然想起飛機沒有成功起飛的那個晚上，我的打字機還有點微溫……那警察説下去時，我開始冒汗了。

「兇手看來毫無疑問是這個人。刑事調查部到了他的住所，裏面沒有人，但守門人讓他們進去了。那裏有一些關於巫術的奇怪書刊，有一本書講述怎樣製造炸彈，還有一張字條上寫着這家劇院的名字、日期和時間。這宗案件真容易解決呢。」

我聽得出來，所有話都指向我謀殺了彼得·迪爾登。有幾件事我實在想不明白，例如為什麼偏偏找上我。但我終於明白了，本森夫人早就警告我要小心那個「圈套」。這圈套撒下的網已然拉上，而我已經牢牢地陷進去了！

完

## 29

　　我回到家時，有一個大紙箱放在門外。紙箱上的單據寫了我的姓名和地址，這是蘇豪區一家書店的單據。我絕不會到這一類書店去買書！

　　我把紙箱拿進屋裏，打了開來，裏面全是一些十分古怪的書刊。有一本雜誌叫《精神犯罪》，另一本雜誌叫《黑色魔術》，其中有一篇專門文章叫〈巫術謀殺案〉。其他書刊都是這一類亂七八糟的東西，除了一本小書叫《炸彈製造法》。這看來是由恐怖組織製作，我敢肯定這是非法出版物！

　　一定是弄錯了。雖然我對超自然現象感興趣，但我不讀這種亂七八糟的書刊，更沒有興趣製造炸彈！

　　我打電話給書店，它仍在營業。接電話的小姐記起了買這些書的人，我請她描述那人是什麼模樣。她説出來的特徵竟然跟我非常相似！我問這些書刊是怎麼付款的，她回答：「付現金。」我請她再查一下收件人的姓名和地址，資料沒有寫錯，的確是要送到我這裏來。

　　我想不出有誰會把這些書刊送給我，我根本不願意讓

人看到家裏收藏着這種書。我第一個念頭是把它們拿出去，扔進垃圾桶，但我又想到真正的買家會回來拿取它們。這些書刊應該值好幾百元，我決定保留兩三天。如果沒有人來取書，我就退還給書店。

我把書刊放回紙箱時，雜誌裏夾着一張紙飄了下來。這張紙看來是從一本小記事簿上撕下來的，上面寫着：

> **奧賽羅劇院，25日，7:30。**

今天正是25日。我看報紙，倫敦沒有一家劇院在上演莎士比亞的《奧賽羅》。布盧姆斯伯里那裏倒是有一家奧賽羅劇院，但已關閉了好幾年。我本來打算安安靜靜地在家度過晚上 **36**，但我心裏很好奇：在一家關閉了的劇院中可以發生什麼事情呢？ **32**

紙箱上的單據寫了我的姓名和地址，這是蘇豪區一家書店的單據。我絕不會到這一類書店去買書！

我的鄰居離開後，我把紙箱打開，裏面全是一些十分古怪的書刊。有一本雜誌叫《精神犯罪》，另一本雜誌叫《黑色魔術》，其中有一篇專門文章叫〈巫術謀殺案〉。其他書刊都是這一類亂七八糟的東西，除了一本小書叫《炸彈製造法》。這看來是由恐怖組織製作，我敢肯定這是非法出版物！

一定是弄錯了。雖然我對超自然現象感興趣，但我不讀這種亂七八糟的書刊，更沒有興趣製造炸彈！

我打電話給書店，它仍在營業。接電話的小姐記起了買這些書的人，我請她描述那人是什麼模樣。她説出來的特徵竟然跟我非常相似！我問這些書刊是怎麼付款的，她回答：「付現金。」

我想把這些書刊全扔進垃圾桶，但接着一想，可能真的是弄錯了，那時真正的買家會回來拿取它們。這些書刊應該值好幾百元，我決定保留兩三天。如果沒有人來取書，我就

退還給書店。

　　我把一些書放回紙箱，這時突然想起電話旁邊的那張便條紙，彼得‧迪爾登的賓利牌汽車將會在七時半送到奧賽羅劇院。我看看手錶，現在是六時半。

　　如果是我想到的那家奧賽羅劇院，把汽車送到那裏去未免太奇怪了。也許是我弄錯了，另外還有一家我不知道的奧賽羅劇院。

　　我本來打算安安靜靜地在家度過晚上，沒有事情能使我改變主意 36，除非我有更好的理由上那家關閉了的舊劇院看看。 32

31

　　我本希望沒有《伍登女巫預言集》這本書，坦普爾府圖書室的那一本是偽造的。當大英博物館真的拿出一本時，我不禁大失所望，它看來跟彼得‧迪爾登圖書室的那本一模一樣。我翻到後面找那首已經背得滾瓜爛熟的短詩，它們卻沒有印在上面！

　　這本書比坦普爾府的那一本少了一頁。我仔細查看是不是給誰撕掉了這一頁，但並沒有。

　　我查問這本書是不是不止印刷過一個版次。我想起約克郡一個著名的女巫希普頓修女。她之所以聲大噪，是因為當時印刷商在她的預言集中加上一首詩，那首詩把汽車到飛機的發明都預言出來了。

　　情況也不是這樣，這本書只有一個版次。那首多出來的詩似乎只印在坦普爾府圖書室的那一本上面。

　　我覺得自己做得很不錯，證實了那些預言是偽造的。我猜想是否能找到更多證據。

　　我的汽車停在離大英博物館較遠的停車場，回去停車場途中經過一個汽車陳列室。我看到這裏有銷售賓利牌和勞

斯·萊斯牌汽車，一轉念想起那輛損壞的賓利牌汽車，不知道它現在怎麼樣呢？它必須送到什麼地方修理，如果我找到它，就可能證明追車事件了。

銷售賓利牌汽車的汽車行不會太多，當然那輛汽車可能被拖到相距約一百公里的倫敦和坦普爾府附近的汽車行。這就是説，我需要從電話簿查找很多電話號碼和打許多電話，而且要想出一個藉口來詢問。

唯一的問題是，我值得付出這麼多時間和精力嗎？ 26
或者根本不值得。 29

32

　　我無法擺脱一個想法：七時半在奧賽羅劇院會發生一些事情，而這正可能是揭開整個神秘預言的關鍵。我認為別人不會知道，我已得悉時間和地點。從整件事開始以來，我還是第一次有機會令人感到驚訝。

　　我駕車去布盧姆斯伯里，七時十五分到達。我把汽車停在一條僻靜的街道上，遠離劇院，不讓有可能認出我這輛汽車的人看見它。

　　我第一眼看到奧賽羅劇院，心中就馬上一沉。它不但空空如也，而且荒涼不堪，我無法想像有人會挑這樣的地方相會。舊海報還貼在劇院的廣告板上，破破爛爛的。窗戶釘上了木板，屋頂有個大窟窿。我既然遠道而來，至少應該靠近一點去看看。

　　我一直走到街口，現在劇院就在我對面的大街。我順着那條大街望過去，忽然看見彼得·迪爾登那輛賓利牌汽車停在不到一百米的地方，看上去像新車一樣。後面是一輛灰色客貨車，前擋泥板上有一個大凹坑。這兩輛車裏都沒有人。

　　我走到劇院前門，幾扇門都用木板釘住，好久沒有人進

出了。劇院旁邊有一條狹窄的小巷，小巷裏的牆上掛着一個破牌子，上面幾個字還依稀可辨：「後台入口」。

我踏着遍地紙碎、破瓶和空罐，向那牌子走去。後台入口關着，我把門一推，它輕易無聲地打開了。我看看門鉸鏈，有人給它們加過油，而且是不久前才加的。

門內是條黑暗的長走廊，空無一人，積滿灰塵，張着蜘蛛網，滿地垃圾。

我走進去。**37**

## 33

我走到包廂前面。

「彼得．迪爾登!」我叫道,「什麼都別問,趕快離開這劇院。你身邊那個消防桶裏有炸彈!」

我看見他離開了,也跟着跑下樓梯,我們幾乎在走廊上撞了個滿懷。我把他推到外面小巷,兩人拚命地跑向他的汽車。不出所料,那輛灰色客貨車不見了。

「我的汽車怎麼會在這裏?」他問道。

「現在不是問的時候,」我說,「快上車離開。我的汽車停在隔兩條街的地方。」

賓利牌汽車剛開動,就聽到一聲震耳欲聾的爆炸巨響。劇院窗戶上的玻璃和木板四飛,一條火舌竄出屋頂的窟窿。

彼得．迪爾登把賓利牌汽車停在我的汽車旁邊。我們可以看到濃煙瀰漫屋頂上空,還聽到警車的警號聲。兩個人坐在一輛賓利牌汽車上實在太引人注目,於是我們決定轉移陣地,去坐我的汽車。下車前,我從汽車座位上拿起幾張紙。

彼得．迪爾登說他是從希斯路機場坐的士,直接前來這劇院。我離開坦普爾府的第二天,他有事到德國去了,然後

一直待在那裏。

「我是為了這個回來。」他說。

他遞給我一份電報，上面寫着：「二十五日七時半到布盧姆斯伯里的奧賽羅劇院見面。性命攸關。」署名是我的名字。

我也把碰到的事告訴他，最後給他看從他汽車座位上拿來的幾張紙。一張是我在坦普爾府留下的字條；另一張是我寫的信，上面威嚇說如果再發生什麼事情，我就會採取行動；第三張我不曾見過，內容跟彼得‧迪爾登那份電報一樣，看來是用我的打字機打的，簽名也跟我的很相似。我回憶起飛機沒有成功起飛的那個晚上，我回家時發現門鎖很難開，我的打字機還有點微溫。34

34

消防車正向發生火警的劇院飛馳而去，我們現在可以聽到它的警號聲。

「我認為這是我妹妹伊夫林做的，這真是我前所未見最巧妙的謀殺計劃。」彼得爵士説，「我也沒有想到，她為了謀奪家產，竟然會做到這種地步。」

現在我可以輕易想像出來整件事情。彼得爵士會在劇院的爆炸中死去，我的生死毫無關係，反正會被認定是兇手。

警察會在車上發現這幾張紙，證實我曾威脅彼得爵士，還邀請他到劇院去。在我的住所裏，他們會找到關於巫術的奇怪書刊，任何人都會以為我是一個瘋子。他們甚至會發現一本講述炸彈製造方法的書，還有一張字條，上面寫着案發日期、時間和劇院的名字。我在坦普爾維克和警察局已經有過一場糾紛，這件案毫無疑問對我非常不利。

「你打算怎樣應付你妹妹？」我問他。

「不知道，也許我什麼都無法證實。」他回答説，「但我要更改遺囑，保證她再也用不着這樣做！」

我們兩個從荒廢的劇院裏出來，渾身灰塵。我環顧四

周，想要找一塊布，可是只找到一張舊報紙。

「有點奇怪，我怎麼也想不出本森夫人怎麼會捲到這件事裏來。」彼得·迪爾登說，「我記得她那天說的話，但我保證我妹妹不知道我邀請了她。也許我真的找到了一個靈驗的占卜師。」

我看着那張用來擦手的舊報紙，這是之前買的一份《白禮頓信使周報》。在追悼會欄裏有一段寫着：「昨天為弗洛倫斯·本森舉行追悼會，她以『本森夫人』之名為顧客熟知。她上星期五突然病逝，終年……」

「真可惜。」彼得爵士說。

「不，」我告訴他，「你忽略了最重要的一點——『上星期五』，如果你看看月曆，本森夫人正是那一天夜裏到坦普爾府來，而她是在白天去世！這是一個鬼魂真心誠意發出的警告！」

完

# 35

　　我站在那裏傾聽，聽不到任何聲音。我可不願再一次受傷，便抓起地上的一根鐵棍自衞，在有需要時使用。

　　化妝室那邊是樓梯口，我猜想它能通往劇院的樓座。從上面可以看到舞台，這樣比走上舞台應該更安全。

　　但這不是通去樓座的。到了樓梯頂，我打開一扇門，裏面是一個包廂。劇院內部和樓下後台的情況差不多。座位都搬走了，屋頂上的窟窿直接對着觀眾席。夕陽從窟窿上面照射下來，像水銀燈映照着舞台中央。

　　突然，彼得‧迪爾登走進光裏。我估計他沒有看見我，因為我躲在包廂後面的陰影。他站着一動不動，似乎是在等什麼人。我的視線從那明亮的陽光移到陰暗的舞台兩側。離他幾米的地方有一個紅色消防桶，它不一定是剛才我在化妝室裏見到的那一個，卻讓我馬上聯想起來。而且，剛才那個消防桶的確消失不見了。除此之外，我還生起另一個念頭。

　　*留神那東西，它有兩翼，*

　　*卻只有一部分升起。*

　　舞台有兩個邊廂，卻只有一部分升起來的是帷幕！難道

# 圈套

預言最後兩行是在這裏應驗嗎？難道「翼」並不是指飛機的機翼，而是舞台上的邊廂*嗎？

我的腦子裏充滿疑問：彼得‧迪爾登爵士在舞台上做什麼？他在等什麼人？那「綠人」又在做什麼？現在他在哪裏？

我實在想不出個究竟，預言應驗的新危險是什麼呢？忽然我醒悟過來：如果那消防桶裏有炸彈，那麼我們兩人都有危險。我應該有多快跑多快，一個人逃出劇院嗎？ **28** 還是浪費極其寶貴的幾秒鐘，説出我想到的事情，警告彼得‧迪爾登離開呢？ **33**

*英文wing可解作翅膀、飛機的機翼或舞台上的邊廂。

167

約晚上九時，門鈴響了。門外站着兩個人，他們簡單介紹了自己。一個是警員托德，另一個是警長威利斯。我請他們進屋裏來。

「我想你認識迪爾登爵士吧？」警員問。

我説認識。警長正在仔細看我還未放回紙箱的書刊，然後他向警員走過去，遞給他刊登了〈巫術謀殺案〉那篇文章的雜誌、講述炸彈製造方法的書，還有那張寫着「奧賽羅劇院，25日，7:30」的字條。

警員看一看那張字條。

「我想這張字條回答了下一個問題，」他説，「我正打算問你對迪爾登之死知道些什麼。今天晚上，他在布盧姆斯伯里一家關閉了的劇院被炸彈炸死了。事發時間大約在一個小時之前。」

他毋須告訴我那家劇院的名字。

「我能夠解釋這些書刊和這張字條。」我説。

「是嗎？」他回答説。「也許你也能解釋這些東西吧？迪爾登爵士的汽車停泊在劇院外面，我們在汽車裏找到這幾

張紙。」

　　他遞給我三張紙。一張是我在坦普爾府寫給彼得‧迪爾登的字條；另一張是我寫的信，上面威嚇説如果再發生什麼事情，我就會採取行動；第三張我不曾見過，上面簡單地寫着：「二十五日七時半到布盧姆斯伯里的奧賽羅劇院見面。性命攸關。」看來是用我的打字機打的，簽名也跟我的很相似。我回憶起飛機沒有成功起飛的那個晚上，我回家時發現門鎖很難開，我的打字機還有點微溫！

　　沒有提及我跟坦普爾維克警察局發生的那場糾紛，但就算沒有這件事，警察局已經認為是我精心策劃謀殺彼得‧迪爾登。我搞不懂這件事為什麼偏偏找上我，但我想起了本森夫人那個危險圈套的預言。這圈套撒下的網已然拉上，而我已經牢牢地陷在圈套之中！

　　　　完

37

　地上的灰塵和舊灰泥那麼厚，只要我避開地上的瓶子和鐵罐，走路時可以不發出聲音。

　我經過看來是後台看更的寫字枱，繼續向前走。走廊兩邊的房間大概是舊化妝室，裂開的鏡子依然嵌在牆上。門都拆掉了，裏面除了一堆堆垃圾，什麼都沒有。

　我看到的第四或第五個房間仍然裝有門，門開着，只有一個鉸鏈把它吊在門框上。起初看上去，它跟別的房間一樣。但當我的眼睛瞟了一下牆上的鏡子時，上面映出了一張臉。這張臉我認識，就是那「綠人」的臉！

　我走近一點，前去看看他在做什麼。只有一點亮光透進用木板釘住的窗戶，不過可以看到他在把某個物件輕輕放到一個舊消防桶裏。還有幾個消防桶裝着黃沙，放在走廊四周。

　我心急想知道他在做什麼，一時沒有留心，一腳踏在一個空罐上面，它響亮地卡嗒一聲。那人抬起頭來，看見了我！

　我站在走廊上，離開他還有兩米。我想走過去時，他已

衝出房間。我們搏鬥了幾秒，他用某種東西打了我一下，我倒退着跌進一個門打開的房間。我的腦袋撞了一下牆，倒在垃圾上昏過去了。待我清醒時，我站起來搖搖晃晃地走到門口，走廊上已經沒有人。我回到他曾經待過的房間，裏面也沒有人，消防桶和它放的東西都不見了。

　　通往外面小巷的門開着，我記得進來時把它關上了的。他到外面了嗎？也許上那輛灰色客貨車吧？ 28 抑或依然在劇院裏面呢？ 35

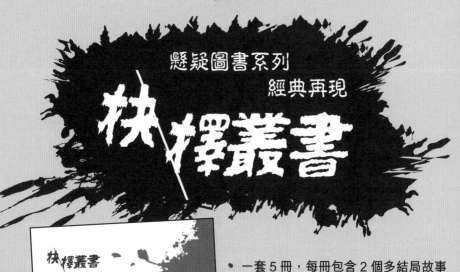

# 你內心最渴望看哪一冊 抉擇叢書 ？

假如你面前是一個裝飾華麗的金盒，
當你打開盒蓋，裏面是……

| A | B | C | D | E |
|---|---|---|---|---|
| 一枝鮮紅色的玫瑰 | 一雙斷手 | 一把手槍 | 一灘鮮血 | 一封神秘的請柬 |

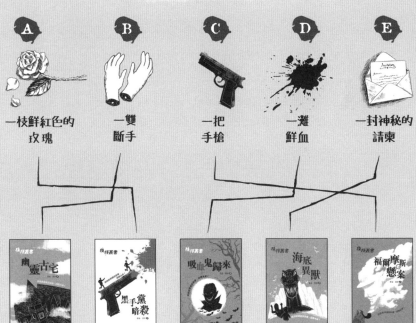

| 幽靈古宅一雙斷手的詛咒 | 黑手黨暗殺圈套 | 吸血鬼歸來征服號太空船 | 海底異獸死亡請柬 | 福爾摩斯懸案古埃及王的陵墓 |
|---|---|---|---|---|

**抉擇叢書**

**黑手黨暗殺**

作　　者：雅倫·夏普（Allen Sharp）
譯　　者：温紹賢、寒星（《黑手黨暗殺》）
　　　　　任溶溶（《圈套》）
繪　　圖：Chiki
責任編輯：林沛暘
美術設計：陳雅琳
出　　版：新雅文化事業有限公司
　　　　　香港英皇道499號北角工業大廈18樓
　　　　　電話：(852) 2138 7998
　　　　　傳真：(852) 2597 4003
　　　　　網址：http://www.sunya.com.hk
　　　　　電郵：marketing@sunya.com.hk
發　　行：香港聯合書刊物流有限公司
　　　　　香港新界大埔汀麗路36號中華商務印刷大廈3字樓
　　　　　電話：(852) 2150 2100
　　　　　傳真：(852) 2407 3062
　　　　　電郵：info@suplogistics.com.hk
印　　刷：中華商務彩色印刷有限公司
　　　　　香港新界大埔汀麗路36號
版　　次：二〇一九年七月初版

ISBN: 978-962-08-7297-6
The Sicilian Contract by ALLEN SHARP
Copyright © 1984 Cambridge University Press.
The Deadly Trap by ALLEN SHARP
Copyright © 1983 Cambridge University Press.
This edition arranged with CAMBRIDGE UNIVERSITY PRESS
through BIG APPLE AGENCY, INC., LABUAN, MALAYSIA.
Traditional Chinese Edition © 1985, 1986, 2019 Sun Ya Publications (HK) Ltd.
18/F, North Point Industrial Building, 499 King's Road, Hong Kong
Published in Hong Kong